背中を向けたまま、志延は着ていたガウンを床に落とした。

夜着も脱ぎ捨て、素肌になる。

さすがに、郡上の顔を見ることはできず、視線をそらしたまま、その胸に体を寄せた。

総帥の密かな策謀

今泉まさ子
Masako Imaizumi

ILLUSTRATION
桜井りょう
Ryou Sakurai

ARLES NOVELS

Contents

総帥の密かな策謀

「ですから…」

三岳志延《みたけしのぶ》は、顧問先の会社社長を前に、今日何度目かの溜息《ためいき》を噛《か》み殺した。

「これじゃ、脱税になっちゃいますから。前にもお話ししたと思いますけど、売上を誤魔化すのは駄目なんですよ」

「誤魔化してなんかないですよ、先生。帳簿に載っけてないのが、ちょこっとあるだけで」

「それが誤魔化してるっていうんです」

まいったな、と志延はこめかみを押さえる。

地方から集団就職で東京《とうきょう》にやってきて、苦労して自分の会社を興《おこ》し、叩《たた》き上げでやってきた社長には、節税と脱税の違いを説明するのは難題中の難題だった。

「売上は全部正直に帳簿に載せてください。隠していたのがバレたら、追徴課税を受けるだけじゃなくて、捕まっちゃいますからね」

捕まる、と言われて社長の顔色が変わった。

「そ、そりゃ困る。俺には女房もいるし、息子はまだ大学生なんだから」

慌てる社長に、そうですよね、と志延は少しだけ微笑《ほほえ》みかける。

そもそもが整った顔立ちの志延がすると、大抵の相手は釣り込まれるように見とれてくれ、怒っていたり、動揺していたりしても、一瞬呆《ほう》けたようになるのだ。

「だから、正直に申告しましょう。それしかないんですよ」

納税は国民の義務ですからね、と諭すと、社長はがっくりと肩を落とし、不承不承頷《うなず》いた。

志延の懇切丁寧な指導を受けた社長が帰っていくと、疲れきった背中をポンと叩かれる。

「お疲れさん」

「鈴木《すずき》先生…」

鈴木は、志延が税理士として勤務している税務事務所の経営者で、先輩税理士であり、且つ厳しい上司でもあった。

この事務所には志延の他に雇われ税理士が三人と、事務員が五人いる。税務事務所の規模としては中小といったところだろう。

「俺は、本当に疲れましたよ」

志延は思わず愚痴ってしまった。

「俺が覚えている限りじゃ、これで五回目ですよ？　節税はいいけど、脱税は犯罪だって、何べん言えばわかってもらえるんですかね」

「まぁ、そう腐るな。ああいう中小企業のオッサン社長には、税金なんざ納める必要ねぇとか言い出す人もいるから、さっきの社長はまだマシな方だよ」

「そうですけど…」

いい加減に勘弁してほしい、と志延は声を大にして言いたかった。

「それにしても、よく気がついたな。あの社長だって五回も指摘を受けてりゃ随分と巧妙になってきてるだろうに」

「はぁ、まぁ、回を重ねるごとに、進歩してますけどね、誤魔化し方は」

どんなに巧妙に改ざんしようとも、何故だか志延にはわかるのだ。

数字の羅列された書類を眺めていると、どこかが何かおかしいと感じる。

そう感じたら脱税を目論む顧客にとっては最後だ。志延は、何度も精査して突き詰めていく。伝票や請求書、領収書もくまなくチェックして、納得のいくまで突き合わせをしてしまわないと気が済まないのだ。

妙だと思った原因の九割方は、単なる計算ミスや仕分けの間違いだが、残りの一割は、故意の間違いである。

これを放置したまま申告をし、後になって税務署にばれると厄介だ。

顧問先の会社は追徴税を課されるし、うっかりすると責任者が訴追される。

さらに下手《へた》を打つと、税務申告をしたこっちにお鉢が回ってきかねない。

公認会計士協会から糾弾されるなど真っ平御免だった。

「おまえもなぁ、せっかく公認会計士の資格があるんだから、うちみたいなチンケな事務所じゃなく、そっちの方面に行きゃあいいのに」

「俺、邪魔ですかね」

思わず言うと、まさか、と鈴木が豪快に笑った。

「仕事は丁寧でまじめだし、小うるさい客にも辛抱強く応対して、ウチは助かってるよ、本当に。でもなぁ、おまえのその能力を活かすのは、本来なら大手の監査法人とかだろうって思うわけだよ。なんなら紹介してやるぞ、大学の同期にツテがあるからな」

「お気持ちはありがたいんですけど、俺は今のままがいいんです」

志延は苦笑しながら返した。

「チンケな事務所でも十分な給料は頂いていますし、仕事もやりがいがあるし、休みも取れて、人間関係も良好。言うことないでしょ」

「ガツガツ働きたくないと？」

「そういうことです」

志延が頷くと、鈴木は大笑いした。

「欲がないんだか、のんびりしてるんだか…。そんじゃあ、まぁ、せいぜい貢献してくれ」

鈴木が行ってしまうと、志延はほっと肩の力を抜いた。

（今のままがいい。それで十分だから…）

嘘《うそ》偽りのない心情だった。

大規模な監査法人で公認会計士としてバリバリ仕事をすれば、給料は今よりも多少はよくなるだろうが、その分仕事もハードになるだろう。

それに何より、あのギスギスガツガツした雰囲気にはどうにも馴染《なじ》めないのだ。

学生時代にバイトをした際に、それは十二分に理解したつもりである。

しかも、志延には大っぴらに言えない秘密があった。

女性に恋愛感情も肉体的欲求も持てない、という事実である。

平たく言うと、ゲイ、なのだ。

バイト先の監査法人は、同規模の事務所同様に女性事務員が多くおり、彼女達が発する秋波には随分悩まされた。

世話好きの見合いの達人とて、たまに顔を合わせる顧客ならかわす方法もあるが、同僚や上司ともなるとそうもいかない。

同僚が多い程とかく面倒な事態に巻き込まれやすいのだ。

その点、この事務所は申し分なかった。

上司にも同僚にも、その手の世話好き人間はいなかったし、女性事務員達は既婚者か彼氏持ちかシングルライフを謳歌《おうか》しているか、のどれかで、志延にアプローチしてくるような気配は微塵《みじん》もない。

　こんなに楽でありがたい事務所を移る気など、志延には毛頭ないのであった。

（ゲイ婚してない、独り身のゲイの将来なんて、そう明るいもんじゃないだろうし…）

　セックスはともかく、特定の相手と深い付き合いはしないできたし、これから先もちゃんと誰かと付き合うようなことはないだろうと、志延はそう思っている。

　今までしてきたのは刹那《せつな》的な肉体関係ばかりであって、決して恋愛ではなかったし、これから先、恋い焦がれるとまではいかなくても、特別な感情を抱ける相手が現れるだろうという期待感みたいなものは、あまり持てない。

　志延自身の両親の関係が多分に影響しているのかもしれないが、多感でいいはずの思春期ですら、心が沸き立つような恋愛を夢想するということがなかったのだ。

（一人暮らしのさびしい老人が頼れるのは金だけだもんな…）

　何かあったときに頼れるような親友と呼べるような友人もいない身では、実際金が頼りの世の中だといっても過言ではないだろう。

　今の世の中、老後も悠々自適に生活できるとは限らないから、手に職が欲しいと思って選んだのが税理士だった。

　公認会計士の資格を取ったのは、大は小を兼ねる、程度の気持ちからだ。

市井《しせい》の一介の税理士としてなら、老人になっても自宅で一人で細々と仕事を続けていけるだろうし、実際にそうしている老先生を何人も知っている。

幼くして実母と死に別れ、その後も家族の団らんとはほど遠い生活をしてきた志延にとって、頼りになるのは己だけ。

齢《よわい》二十七で、もう老後の設計をするのはどうかとも思うが、そうすることで、精神的な安寧を得てきたのである。

(大丈夫。俺は一人でもやっていける)

その矜持《きょうじ》だけが、ずっと志延を支えてきていた。

「三岳先生、お客様ですよ」

事務員に声をかけられて、志延は首を捻《ひね》った。

「三綱《さんこう》商会は、四時の約束じゃなかったっけ?」

「それが、アポなしなんですよ」

事務員が困りきったように言う。

「どうしても三岳先生にお会いしたいっておっしゃって…」

どうしましょう?　と視線でお伺いを立てられて、つい、会いますよと返してしまった。

この事務員は、気の弱い女性ではないしベテランでもあるので、志延が会いたくないと言えば、うまく追い返してくれるだろうが、それをさせるのはしのびない。

それに、名指しで訪ねてきた客を帰すのは、少々惜しいような気もした。

(もしかしたら、上得意になるかもしれないわけだし)

一度摑《つか》んだ客は逃さない。

志延は、この事務所でそんな伝説も作っていた。

だが、事務所内の応接スペースで件《くだん》の客と向き合った途端、この自分の些細《ささい》な欲を、嫌というほど後悔する羽目になった。

「志延さん、お久しゅうございます」

深々と下げられた胡麻塩《ごましお》頭を眺めながら、志延は心底嫌な予感がしていた。

「ま…、蒔内《まきない》さん？」

「一体、急にどうしたんです？　蒔内さんが俺を訪ねてくるなんて…」

父親の一の側近である蒔内が職場に来るなんて、志延にとっては悪夢以外の何物でもない。

「大変なことになりました。緊急事態です」

記憶よりもかなり老けた蒔内の顔は青白く、強張《こわば》っている。

「事故で…、会長は亡くなられ、社長は危篤状態です」

「———え…?!」

一瞬、何を言われたのか訳がわからなかった。

そんな志延を前に、蒔内は言葉を詰まらせながらも、話を続ける。

「志延さんはご存じないでしょうが、わが社はここ数年業績が芳《かんば》しくありませんでした。社長がいろいろ手を打たれていたのですが、赤字続きで、取引先の一社でも不渡りを出したら連鎖倒産しかねない状態でして…」

「そんな――」

バカな、という言葉を志延は喉《のど》の奥に引っかけてしまう。

三岳興産は不動産の再開発を手掛けており、志延の父が先代会長の婿養子に入ってから急成長を遂げていた。

祖父が亡くなり、父が会長に、異母兄が社長に就任すると、世間の再開発ブームにも乗って、莫大《ばくだい》な利益を上げていたはずなのである。

大学入学と同時に家を出たが、志延はずっと、会社の経営は順調だと思っていた。否、思い込んでいた、と言う方が正しいだろう。

三岳家とは距離を置きたい、というのが、志延の偽らざる本音だったからだ。

志延の母親はいわゆる夜の女で、銀座界隈《ぎんざかいわい》では名の知れたホステスだったらしい。

当然、他に家庭があった父親とは滅多《めった》に顔を合わせることはなかったが、子供心に、ウチはそういうものなんだ、と悟っていたせいか寂しいと思った記憶はなかった。

仕事に出かける前の母親が、水商売の女には珍しいくらい、息子の面倒を甲斐甲斐《かいがい》しく見る女だったからかもしれない。

明け方帰宅してから一緒に朝食をとり、学校から帰ってくるとおやつの用意もしてあった。さすがに、出勤の支度があったせいか夕食は早めだったが、大抵は母親の手料理を食べていたものだ。

夜は一人で心細いこともあったが、朝になれば母親が帰ってくると信じていたから、そう寂しさも感じなかったように思う。

だが、十歳のときに母親が他界すると、そんな生活は一変した。

すぐに父親に引き取られたものの、こっそり様子を見に来てくれた母と仲のよかったホステスが同僚に、「志延ちゃんは施設に預けられた方がよほど幸せだったかもしれない」と涙ながらに零《こぼ》したほど、その生活は辛《つら》いことの連続だった。

当たり前のことながら、正妻が愛人の子である志延を可愛がるはずもなかったし、婿養子であった父親は、我が強く高慢な妻を諫《いさ》めようなどという気は、とっくになくしていたのである。

居心地の悪いことこの上なかった養家で、年の離れた異母兄だけは志延を気遣い、優しく接してくれたことが、唯一の慰めだった。

だが、養家にどうしても馴染めなかった志延は、大学に入ると同時に家を出て、一人で生活を始めることにしたのだった。

家を出るときに、父の正妻はあてつけがましいと嫌味を言い、父からも三岳家の名を貶《おとし》めるようなことはしてくれるなと暗に釘《くぎ》を刺されたのを昨日のことのように覚えている。

関《かか》わり合いになりたくないのは志延も同じだったし、今更だという気もして、さして気分を害しもしなかった。

（大学でも、事務所でも、三岳興産と繋《つな》がりがあるってことは隠してきたのに…）

蒔内の突然の登場に、今や、鈴木はじめ事務所中が志延に注目している。

皮肉だとしか思えなかった。

「志延さん、すぐに戻ってきてください」

養家を出る年まで、義理とはいえ、毎年欠かさずお年玉をくれていた蒔内が目に涙をためて懇願してくる。

「会長は亡くなり、社長は未《いま》だに意識不明の重体です。このまま三岳興産の舵《かじ》取り役が不在では、銀行も全ての融資を引き揚げかねません」

「そんなことを言われても、俺はただの税理士で、経営に関しては全くの素人ですし…」

他を当たってほしいとやんわりと断ろうとしたが、亀《かめ》の甲より年の功。忍耐と粘り強さに勝る老獪《ろうかい》な重役を相手に断り続けることなどできようはずもない。

いつの間にか、彼は鈴木や同僚までをも丸め込んでいる。

亡き父の遺志を継げ、などと言われたところで、まるでピンとこなかったものの、頑強に拒むことを許されないような場の雰囲気に、いたたまれなくなったのは確かだった。

志延が戻ると言わなければ、梃子《てこ》でも帰るつもりはないと父親の老獪な側近が泣き落としともいえる脅しをかけてくる。

いやだと言い張ったところで、このまま同じ職場にはいづらくなりそうだった。

結局、志延は、机の隅で埃《ほこり》をかぶっていた礼典辞典を引っ張り出して、不承不承とはいえ辞表を書く羽目になる。

周囲の視線と、くたびれて擦り切れていた義理人情を腹の底から引きずり出してしまったことをあとで心底後悔することになるとは、今の志延には予想だにしないことだった。

「これは…」

与えられた急ごしらえの個室で、さっそく渡された財務資料に目を通していた志延は、ここ最近での急激な業績の悪化に目を見張った。

「なんでこんなことになってるんですか。これじゃ、会社は…」

社に入ってからつきっきりで傍《そば》にいる蒔内に向かって、志延は声を詰まらせてしまう。

潰《つぶ》れかかっている、と言うのを辛うじて飲み込んだ。

今の三岳興産には、余剰金というものがまるでない。使える資金が全くないというのは、企業としての体力がほとんどないに等しい。

借入金の額も莫大で、まともな金融機関からは、これ以上ビタ一文も借りられないだろうことは明白だった。

取引先の一社でも不渡りを出せば、連鎖的に倒産しかねない危機的な状態に陥っているといえる。

企業体としての異常事態に、本来ならば、財務諸表や決算書を詳細に分析して、こんな状況に陥った原因を突き止めるところだったが、いかんせん時間がない。

「会長と社長が話し合って、郡上《ぐじょう》財閥と提携して、今日にも金融支援を受ける手筈《てはず》にはなっているのですが…」

　会長が急死し、社長が意識不明の重体ではどうなるかわからない、と蒔内が表情を曇らせている。

　やり手だがワンマン経営者と名高かった父親の独断で進めてきたのだろうことは、役員達の表情から容易に想像がついた。

　温厚な性格で良識派の異母兄の尊《たける》があの父に同調していたのであれば、取締役会にかけるまでもなく決定事項だったはずである。

　それ故、役員達には何も知らせず、父と異母兄とで全てを独断で進めていたに違いない。

　提携や支援の条件などの詳細が全くわからないまま、決済の日を迎えてしまい、蒔内をはじめとする役員達は狼狽《ろうばい》しきりなのだ。

　妾腹《しょうふく》とはいえ、創業者一族の末席に連なる志延を引っ張り出し、同族企業としての体裁を整えるだけで精一杯なのだろう。

（会社の経営などわからない。企業としては遥《はる》かに格上の郡上財閥から支援を引き出すことなどできない。俺の知ったことじゃない）

　そう叫んで逃げ出したい。それが志延の偽らざる気持ちだった。

　その気配を察したかのように、蒔内が志延の両手を摑んで握り締めてくる。

「志延さん、どうかお願いです。わが社を救ってください」

蒔内に白髪頭を下げられ、志延は押しつけられた責任に押し潰されそうになった。

「郡上財閥の総帥がお見えです」

秘書から告げられた志延は、胃の腑《ふ》が縮み上がるような気分を抱えて、会議室へと赴いた。

「本来でしたら、こちらからお伺いすべきところをご足労いただきまして…」

蒔内が深く頭を下げた相手は、志延が想像していたよりずっと若かった。

日本《にほん》の財界を牛耳《ぎゅうじ》り、政界とも深い関わりを持つ郡上家が築いた財閥は、キングメーカーとも噂《うわさ》されている。

その巨大組織の頂点に立つ男は、恰幅《かっぷく》のいい壮年の男性だと漫然と思い込んでいたせいで、志延は少なからず度肝を抜かれた。

窓際に佇《たたず》んでいた若き総帥は、いまだ昏睡《こんすい》状態にある三十半ばの異母兄と同年代か、もう少し若いかもしれない。

一目で一流テーラーの仕立てとわかるスーツに身を包んだ上背のある体軀《たいく》の上に乗っている顔は端正そのもので、整いすぎていて人間味が薄く感じられるほどだ。

「いや、今、そちらは大変な時期でしょうから」

にこりともせずに発せられた慰めの言葉は、深みのあるテノールだったが、温かみは微塵も

感じられない。

志延は、背中にじっとりと汗をかいているのを感じていた。

郡上からは覇気のようなものが発せられているのが、如実にわかる。

志延はそれに完全に呑まれ、郡上の佇まいに完全に圧倒されていた。

(こんな奴と交渉なんかできっこないじゃないか。――器が違う……!)

父や兄はこの総帥と対面したことがあったのだろうか。

あったとしたら、到底こちらの意を通せそうもないことくらい察せられていたはずだと思う。

同じく企業を統《す》べる身とはいえ、新興の成り上がりと、綿々と人の上に立つ遺伝子を受け継いできた者とでは、比べものにならない。

格の違いとでもいうようなものを、志延は初めて目の当たりにしていた。

「会長はお気の毒でした。社長のご容体はどうです?」

天気の話をするかの様子で、郡上が蒔内に尋ねる。

「まだ昏睡状態で……」

「それは、それは……」

郡上がわずかに顔を曇らせる。

「それでは、提携の話は進みそうにありませんね」

無駄足だった、と言外に言われ、蒔内が蒼白《そうはく》になった。

「いえ、いえ、お待ちください」

言いながら、背後にいた志延の背中を押して、郡上の前に押し出す。

「亡き会長のご次男で、当社の専務でございます」

紹介されて、志延は慌てて頭を下げた。

「今後の交渉は、こちらの専務が担当させていただきますので」

蒔内の言葉に、志延はぎょっとする。

交渉の席にいるために連れてこられたのは理解していたが、実際に折衝させられるとは聞いていない。

単なる面目《めんぼく》で、員数揃《そろ》えに過ぎないと信じ込んでいたのだ。

冗談じゃないと目で訴えるが、蒔内はそれをあっさりと無視した。

聞いていないと怒って部屋を出てしまえばいいのだろうが、不幸にも、志延の常識がそんな真似《まね》をさせない。

非礼な態度をとれば、会社にどれほどの打撃になるか、この場の張り詰めた空気と蒔内の態度が全て物語っていたからだ。

企業人として、恐らく百戦錬磨の古兵のはずの蒔内が、腰を引けたところを隠しもせず、新参者の志延に全てを丸投げしてきたのである。

そもそもがうまくいくはずがないのだろうと、志延は心の奥底で笑い出したくなった。妾腹とはいえ、創業者一族の末席に連なる志延に、全ての責任を負わせて、この茶番劇に幕を引いてしまいたいという意図が、ようやく透けて見えてくる。

(俺もバカだ…)

自分でも何かできるかもしれない、異母兄の役に立てるかもしれないなどと思うなんて…。

そんなふうに自嘲《じちょう》してしまうと、不意に胃のあたりが軽くなった。

開き直る、ということがどういうものか、ようやく理解できたような気すらする。

「父と兄がご迷惑をおかけいたしました」

腹をくくった志延は、郡上にそう詫《わ》びてから、巨大な円卓へと促《うなが》した。

「正直、私に何かできるとは思えません。父の訃報《ふほう》を聞いて、昨日連れ戻されたばかりで、当社の事情も全く理解できていませんし…」

「志延さんっ！」

バカ正直に告げた志延の言葉を聞いて、控えていた蒔内が慌てて制止しようとする。

が、郡上の視線を受けた秘書が素早く動いて、蒔内を止めた。

「お静かに」

秘書が冷たく言い放った。

「三岳興産の代表は、昏睡状態にある社長の尊氏に代わって、この志延氏だと聞かされたのは、ほんの数分前のことだったと思いますが、いつからあなたに代わられたんですか、蒔内さん？」

「…！」

眼光鋭い郡上の秘書の一瞥《いちべつ》を受けて蒼白になった額《ひたい》に汗を浮かべた蒔内は、一礼した後、ぎくしゃくと後ろに下がった。

「静沢《しずさわ》」

郡上が秘書を窘《たしな》めるように呼んだが、ポーズに過ぎないことは明白だった。

静沢と呼ばれた秘書は、詫びるでもなくわずかに背後に下がっただけである。

それも、蒔内を威嚇するような位置に。

(最初から味方なんかいなかったもんな…)

完全に傍観者に徹したらしい蒔内の様子を目の端で見ていた志延は、諦《あきら》めを内に秘めて郡上に向き合った。

「失礼しました」

「いや…」

気にしなくていいと言った郡上の口元に、心なしか笑みのようなものが浮かんだように見えた。

「では、はじめるとするか」

言われて、あらためて胃の腑に大きな石を押し込められたような気分になった。

「昨日連れ戻されたばかりだと言っていたが、財務資料くらいは目を通しているだろう？」

問われて頷く。

先ほどまでは、儀礼的にでも丁寧語で話しかけられていたのが、すでに命令調になっていた。

立場の違いを言外とはいえ、はっきりとさせられたのだと思い知らされる。

「ざっと…ですが」

曖昧《あいまい》に肯定すると、郡上が口元に冷笑を浮かべた。

「税理士だろう？　ざっと…、でも貴社の大まかな財務状態は理解できたはずだ」

「はい、それは…」

ひどい状態だったとは口にできず、志延は曖昧に口ごもってしまう。

「倒産するのも時間の問題だ。そんな状態の相手と業務提携をするメリットは全くない」

「そっ、それはそうですが…」

郡上財閥に見捨てられたら本当に三岳興産は潰れてしまう。

たまらず志延は言い返した。

「当社の財務状態はご存じだったはずです。父と兄がこの話を進めていたと聞いていますが、そのときにはわかりきっていた、いわば前提事実だったんじゃないんですか？　それを今更…」

「あのときと今とでは状況が違う」

郡上に言いきられて、志延は押し黙らざるを得ない。

「破綻《はたん》寸前の企業を支援することにしたのは、会長と、社長の尊氏に対する信用があったからだ。彼らなら、ある程度の資金を融通すれば立て直せるというこちらの確信が、いわば担保として存在していた。だが、現実問題として、今やそのような保証はないに等しい。会長は亡くなったし、尊氏は昏睡状態のままだ。したがって、三岳興産を現状から脱却させることができる人物はいないということだ。回収できる保証もないのに融資するなど、ありえない。これはビジネスであって、ボランティアではないのだから」

「それはわかっていますが…、ですが――」

理路整然と説明され、反論するだけの知識も資料も持たない志延は、必死に言い募ろうとして、気持ちだけが空回りする。

「ここで、手を引かれたら、わが社は本当に…」

潰れてしまう、という言葉が喉の奥に引っかかる。

「現状を打開できる再建案はあるのか？」

「いえ…、それは――」

言いよどんだ志延の心の内を見透かすように、郡上が言葉を続けた。

「こちらから引き出した資金をどう使うか、その青写真は亡くなった会長と尊氏の頭の中にしかなかったはずだ。この提携は彼らが独自に進めていて、役員といえども詳細は教えられていなかったろう」

確かに郡上の言うとおりだった。

郡上財閥が資金援助をしてくれると役員達は知ってはいたが、その資金がどのように使われるかまでは聞いていなかったらしい。

それが証拠に、この会談にあたって、志延が蒔内に今後の事業展開について尋ねてもはぐらかされただけだったのだ。

「再建案はない、担保もない、そのくせ金は欲しいというのでは、あまりに虫がよすぎると思うが」

ぐっと唇を噛みしめた志延は、足りるはずはないと承知の上で、三岳家の独自の資産の提供を申し出ることにした。

「三岳の家の土地と建物、他にも幾つか不動産があったはずです。この本社ビルも担保にしたいところですが、どうせ抵当に入ってるんでしょう?」

部屋の隅に立ちつくしている蒔内に視線をやると、苦渋の表情を浮かべた顔が背けられた。

その様子から、どうやら志延が予想したとおり、会社には担保にできるような資産は残っていないことがわかる。

「不足した分は、事業権でも何でも、お好きなように質に取ってくださって結構ですから…」

志延が言うと、郡上は、背中越しに軽く手を振った。

控えていた秘書の静沢が、素早く歩み寄ってファイルを手渡す。

郡上が受け取ったファイルをテーブル越しに滑らせると、それは丁度志延の目の前で静かに止まった。

「見てみるといい。三岳興産ならぬ三岳家の惨状を」

言われるままにファイルを繰って、そこに収められていた不動産登記簿謄本の数々に目を通した志延は、血の気が引くような思いを味わう羽目になる。

「これは――」

書類を持つ指先が震え、止まらない。

「この社屋はもちろん、三岳家の屋敷、土地、その他の不動産には全て抵当権がついている。こちらで調べたところでは、所有していたはずの美術品も価値があるものは既に処分されているようだ。当然、口座も全て貸越になっている」

「そ…んな――」

そこまで追い詰められているとは知らなかった。聞かされていなかった。

思わず蒔内を見やると、また同様らしく、目を剝《む》いている。蒔内もそこまでひどいとは知らなかったらしい。

「それじゃあ、会社が潰れたら…」

独り言のように呟《つぶや》いた志延の言葉の先を、郡上が引き取った。

「三岳興産だけではなく、三岳家も全てを失うだろう」

青ざめた志延の胸中に、ふとそれでいいのかもしれないという考えが浮かぶ。

（いっそ、サバサバしていいのかもしれない。倒産しかかった会社にいつまでもしがみついているよりは、さっさと諦めがつく）

それならそれでいい、何もかも潰してしまえと言おうとした刹那、郡上がとんでもないことを思い出させる。

「大変なことだ。君自身はまた税理士に戻れば済むだろうが、千人以上の社員は即日路頭に迷うだろう。この不景気ではすぐに仕事は見つからない。しかも、先代の娘である会長夫人は働いたことなどないだろう？　尊氏の入院が長期に及ぶのは必須だろうから多額の費用がかかるな。ご同情申し上げる」

（入院費…？）

言われて、志延は背後から思いきり殴られたような気分になった。

脳裏に、昨夜見舞った兄の姿がまざまざと蘇《よみがえ》る。

無機質な病室のベッドに横たわり、体中に細い管を差し込まれ、ようやく命を永らえている兄の姿が…。

医者は、兄が昏睡状態から回復するのは明日か、一年後か、わからないと言っていた。最悪の場合は、このまま二度と目覚めないかもしれないとも。

その間にかかるだろう莫大な入院費を思うと、震えが止まらなくなった。

前にいた事務所に戻るか、他に移るかは別として、税理士の仕事を再開したとしても、給料はたかが知れている。

父親名義の借金は相続放棄をするとしても、兄の名前でどれほど債務があるか見当もつかない。

入院費と借金の返済が志延の収入では賄《まかな》いきれない額になるだろうことは、明白すぎた。

「お願いです…」

思わず口走っていた。

「助けてください。兄を…このまま死なせるわけには——」

頭《こうべ》を垂れ懇願した志延に、郡上の冷徹な声が突き刺さる。

「では何を差し出せる？　不動産も動産もない。主な事業が不動産業では、切り売りできるような業務部門もないだろう。――――いっそ、自分の人生で贖《あがな》うか？」

「自分の…人生？」

冗談か、皮肉としか思えないような郡上の言葉に、そうと思いながらも志延は食いつかずにはいられなかった。

「俺…、いえ、私と引き換えになら、助けていただけるんですか？」

そう言うと、束の間、郡上は驚いたような表情になったが、すぐにまた一切の感情をその顔から消してしまう。

「何でもします」

志延は言い募った。

「生命保険をかけて、死ねと言われればそうします」

「君にかけられる程度の生命保険では、尊氏の入院費用の一部にしかならないだろう。無駄だな…」

「では、どうすれば……」

必死で懇願する志延に、郡上は冷たい視線を向けた。

「――――こちらの条件を言おう」

一縷《いちる》の望みをかけ、志延は全身で郡上の言葉を追う。

「三岳興産は郡上グループ傘下《さんか》の郡上アーバネットの子会社とする。社名は変更させてもらうが、三岳の名前は残そう。会長夫人が所有している分も含め、全ての株式を債務の肩代わりと引き換えに無償で譲渡してもらう。社員は引き続き雇用するが、現在の役員は、君や尊氏も含め全員辞任してもらうことになる」

「承知しました」

即答した志延に対し、蒔内が抗議の声を上げたが、静沢に一瞥されて引き下がる。

どのみち、格上の大企業相手の提携話だったのだから、端《はな》から三岳興産に有利に運ぶはずがないことはわかりきっていたのだ。

買収されたようなものだが、会社自体は存続する。それで納得したのだろう。蒔内は一度だけ大きく頷くと、郡上に向かって一礼した。

「――君には」

郡上が志延に視線を向ける。

「郡上コンサルで働いてもらう。もちろん、相応の報酬は出そう」

「郡上コンサル…？　――私が、……ですか？」

志延は耳を疑った。

戦後全ての財閥は解体され、残っているのは財閥系企業と呼ばれる個々の企業だ。

財閥などと未だに呼ばれているものの、郡上も例外ではない。だが、他の旧財閥と違うのは、時を経て、巨大複合企業としてグループを形成してきたことである。

六十有余年の歳月をかけ、再び財閥の名にふさわしい組織を作り上げてきた。

その郡上グループの中枢が郡上コンサルと呼ばれる経営母体なのだ。

そこに一介の税理士でしかない志延を招聘《しょうへい》するという郡上の言葉は、俄《にわ》かには信じられないものだった。

「何故、私を…」

「卓越した才能があるそうだな。数字に強いと聞いている」

「それは、税理士ですから…」

「それだけ、ではないだろう」

調べられている、と思った。

(俺のことを調べ上げて、その上で言ってる…?)

志延が帳簿上の作為や不備を楽々と見抜き、顧客に指摘することが間々あることを知って、それを利用しようというのだ。

「単なる偶然が重なっただけかもしれません」

「それで構わない。経理上の内部監査は常に人材不足だ。仕事は山ほどある」

「ですが…」

戸惑いを隠せないでいる志延を、郡上は逆手《さかて》に取った言葉で縛る。

「何でもすると言ったろう。己の人生で贖うと。これが最後の条件だ。私の所有物として、私のために働くこと。それが呑《の》めないのなら、この話はなしだ」

威圧するような眼光が、己の立場を悟れと言っているような気がしていた。

もし、ここで、自分の人生は自分のものだから、これからも好きなように生きるのだ、あんたの所有物になんかならない、嫌だと断ったら…。

(できない……!)

志延は天を仰いだ。

脳裏から離れない。喉に呼吸器を押し込まれ、眠り続ける兄の姿が——。

「わかりました」

そう言うほかはない。

「あなたのために働きます」

それが最初の契約になった。

「兄さん、会社は何とかなりそうだよ」

意識が戻らないままの兄の手を取り、志延はそっと話しかけた。

医師には、なるべくたくさん話しかけるように言われている。

聴覚に損傷は見られず、耳は外界の音を拾っているはずだから、何らかの刺激になるのだということ。親しい家族の声なら、意識レベルに浸透する可能性がなくはない、と。

眠り続ける兄の顔をじっと見つめた。

母親は違うが、父親が同じだけあって、全く似ていないわけではない。

志延の方が明らかに女顔ではあったが、耳の形が同じだと言われたことがある。

実母が亡くなった後、三岳家に引き取られた志延は、父の本妻である養母から、事あるごとに折檻《せっかん》を受けていた。

数人いた使用人は、皆見て見ぬふりで、誰一人として助けてくれる者はいなかったが、この異母兄だけが幼い志延に優しかった。

穏やかな気性の兄は、父が愛人に産ませた弟を疎《うと》んじることなく、すぐに受け入れ、可愛がってくれたのだ。

そんな息子の気性を承知してか、養母の折檻は、兄が不在のときにひどくなる。

手足についた痣《あざ》を兄に心配されると、転んだ、ぶつけた、と誤魔化した。

学校でいじめられているのではないかと誤解されたようだったが、志延は頑として本当のことを言わなかった。

養母は口止めしなかったが、助けてほしいと泣きつくのは面倒をかけるようで嫌だったからだ。

それに、母親が異母弟に手を上げていると知ったら兄が悲しむと思ったのと、志延自身の意地もあった。

何かを察したらしい兄は、それ以上怪我《けが》をした理由を追及することはやめたが、手当ては家政婦任せにせず、必ず自らの手で消毒をし、絆創膏《ばんそうこう》を貼《は》ってくれたものだった。

『泣いていいんだよ』

兄は何度もそう言った。

『僕と一緒にいるときは泣いていいんだよ、志延』

そう言われると何故か余計に泣くことができず、意地になって唇を噛みしめていると、温かい掌《てのひら》が頭の上に乗せられた…。

手を握っていると、そんな昔の思い出がつらつら蘇ってくる。

「志延様」

呼ばれて顔を上げると、病室の入り口に静沢が立っていた。

「お時間です」

促され、後ろ髪を引かれるような思いで腰を上げる。

病院を出て、静沢に促されるまま黒塗りのベンツに乗り込んだ。

「わざわざ迎えに来ていただいて、申し訳ありません」

「それが私の仕事ですので、お気になさる必要はございません」

そう言った静沢の言葉そのものが、儀礼的でビジネスライクだった。

静沢は、郡上以上に感情を見せない。

郡上が、財力と権力にものを言わせて極秘開発したアンドロイドか何かなのではないかと、疑いたくなるくらいだ。

車が郡上コンサルのあるグループ本社とは違う方向に向かっているのに気づいた志延が、問うような視線を向けると、静沢から郡上家の本邸に向かっていると告げられる。

「郡上家…って、――何故です？」

挨拶《あいさつ》に呼びつけられたのかと思いきや、静沢の口から思いもかけない言葉を聞かされた。

「志延様には、今後、郡上の屋敷で生活していただきます」

「住み込み…っていうことですか？」

志延が問うと、静沢はこともなげに頷いた。

「勝手ながら、手配はこちらで済ませておきました」

「手配って…」

戸惑いながら尋ねれば、既に志延が住んでいた一人暮らしの部屋は引き払われ、不要なものは敷地内にある倉庫に運び込まれているという。

「そんな、――勝手な…」

思わず抗議の声を上げると、蛇を思わせるような静沢の双眸《そうぼう》に一瞥された。

その鋭さに思わず腰が引けてしまい、不満は口に出せなくなる。

「総帥のために働くと誓約されたでしょう。身近においでにならなければ、あの方の要望に即座に対応することは難しい、ということくらいおわかりかと思いますが。ああ、総帥の身の回りの世話をする者は他におりますので、志延様はご自身の役割に徹してくだされば結構です」

「――役割って言われても…」

「志延様にしかできないことがあるはずです。その役目を務めていただければいいのです」

静沢の言葉には、有無を言わさぬ雰囲気が満ちていた。

ここ数日の急激な身辺の変化のせいで志延は疲れきっていたし、下手に逆らって契約破棄だと言われても困るため、黙って頷くしかない。

嫌だとか、納得できないと思っても、それを表に出すことは今後は許されないのだろうと思うと、志延は暗澹《あんたん》たる気持ちになる。

やがて車は巨大な鉄門をくぐり、広大な敷地を抜け、壮麗な建物の前で静かに止まった。

車から降りた志延は、呆気《あっけ》にとられて郡上家本邸を見上げる。

養家である三岳の家も決して小さくはなかった。世間一般の評価からしたら、十分に豪邸と言われるだけの大きさはあったろう。

だが、この屋敷に比べたら、——ウサギ小屋のようなものだ。

(こんなの、映画か、マンガでしか、見たことないぞ…)

巨大なヴィクトリアン様式の屋敷は、まさに城のようだ。

この建物からだけでも、郡上の圧倒的な力をまざまざと見せつけられたような気になる。

大理石の階段を上ると、音もなく巨大な扉が開き、黒いスーツを着た壮年の男が姿を現した。

名乗らなくても何者だか、なんとなくわかる。

（執事――としか思えないけど、初めて見た。っていうか、本当にいるんだ…?!）

「お帰りなさいませ」

壱岐《いき》と名乗った執事は、顔を見る限りではせいぜい四十代の半ばといった年格好なのだが、その頭髪は脱色したかのように真っ白だった。

白髪というには違和感があるのは、髪そのものが艶《つや》やかに見えるからで、銀髪というのはこんな感じなのかもしれない、と思わせるものだった。

かすかに微笑んでいるように見える表情を浮かべていて、これが少しも崩れない。

そのアルカイックスマイルからすると、仕事振りのそつのなさが推し量れるような気がした。

玄関で姿を消した静沢に代わって、壱岐が部屋に案内してくれながら、屋敷の中を簡単に見せてくれる。

「朝食は七時からでございます。これはお部屋にお持ちいたします。夕食は八時に食堂へお越しくださいませ。普段の日は平服で結構でございます」

「ふ…普段の日？　――ってことは、普段じゃない日っていうのは…？」

思わず聞いてしまうと、壱岐はかすかに笑みを浮かべた。が、あれはなぁに、それはどぉして？　と聞いて回る園児に手を焼く保母のそれを彷彿《ほうふつ》とさせる。

「お客様をお招きしての食事会や、夜会の際には、ディナージャケットをお召しください」

「それって正装しろってことですか?」

冗談だろうと目を見開いた志延に、壱岐は穏やかな笑みを返してくる。

「ご先代がご存命中には週に数回は夕食会がございましたし、月に何度かは園遊会や夜会も開いておりましたが、旦那《だんな》様が当主になられてからは、一度もございません」

それを聞いてあからさまにほっとした顔をした志延に釘《くぎ》を刺すように、壱岐が続けた。

「もっとも、――今後はわかりませんが…」

勘弁してくれと泣きが入りそうになり、やはり住み込みの話はなかったことにしてほしいと言おうとする。

「あの、ですね…」

だが壱岐は、志延にその続きを口にする隙《すき》を与えてはくれなかった。

「汚れものは、お部屋の洗面室に置いてございますランドリーボックスへ入れてくださいませ。シャツなどクリーニングが必要なものも一緒で結構でございます。その他、入用なもの、用事がございましたら何なりとお言いつけください。私でも、お部屋付きの者でも、お申しつけいただければ、できるだけ早急に対応いたします」

(部屋付き…って、まさかメイド?!)

冗談だろうと笑い飛ばしたいが、映画のセットか、テレビの紀行番組に出てくるようなヨーロッパ貴族の城としか思えないような内装の建物の中を歩き回らされては、そうもいかない。

おまけに、分厚い絨毯《じゅうたん》が敷き詰められた廊下で行き違った女性達は、皆黒いワンピースに白いエプロン姿の、いわゆるメイド服を着ていたのである。

志延は、まるで、テーマパークか何かに紛れ込んでしまったような錯覚に陥った。

（なんなんだ、ここは…。こんなところで、本当に暮らしていけってか？）

女性ならば夢見るような生活になるのだろうが、あいにく志延にはお姫様願望も王子様願望もまるでない。

床が抜けそうな薄暗い四畳半の古いアパートで暮らせと言われた方が、よほどましなんじゃないかと思えてくる。

「こちらが志延様のお部屋でございます」

長い廊下にずらりと並んだ扉のうち、突き当たりにある巨大な扉の一つ手前のドアを壱岐が押し開く。

ドアは板チョコを思わせるつくりの木製だが、重厚さは生半ではない。

（家のつくりがこれじゃ、部屋の中もゴシックホラーか何かに出てきそうな感じだろうなぁ…）

そんな予想に違《たが》わず、分厚い絨毯が敷き詰められた室内は、タイムスリップしてしまったかのような錯覚すら覚える設《しつら》えになっていた。

中央にはソファと小さなテーブル、壁際には書棚と書斎机が置かれている。サイドテーブルの上の電話がごく普通のプッシュホンなのが、かえって浮いて見えるほどだ。

机の反対側には巨大なベッドが据えられている。天蓋《てんがい》がついていないのが唯一の救いだった。

室内の扉の一つを開けた壱岐がバスルームを見せてくれる。

「アメニティはこちらで揃えさせていただきましたが、お気に召さないようでしたらお申しつけくださいませ」

何のことかと思えば、ボディソープやシャンプー等の香りの好みを言っているようだ。

「旦那様のご命令でグリーンノートのものを置いてありますが、お好みを言っていただければ取り替えさせますので」

「いえ…、そんなの…ていうか、あの———なんでも結構ですから」

志延は顔が引きつりそうになっていた。

(なんで住み込みの人間にこんなにしてくれるわけ？　大体、俺だって使われる身、つまりは使用人ってことだろ？　なんなんだ、一体……)

腑に落ちない思いが志延の鳩尾《みぞおち》あたりに充満していく。

「こちらへどうぞ」

浴室から出た壱岐は、もう一つの扉を開いた。

（なんだ、これ……！）

声に出さなかったのは、驚きすぎたからにすぎない。

壱岐が見せたのはウォークインクローゼットだった。中には、ぎっしりと衣類が並んでいる。

「旦那様のお言いつけで揃えたものでございます。サイズは伺っておりましたので、大丈夫だとは思いますが、何分急いで揃えたものですので、申し訳ございませんが、今こちらにあるものは全て既製品でございます。今日にも出入りのテーラーが参り、採寸させていただく予定になっております。急いで仕立てるよう申しつけてありますので、当座はこちらで間に合わせてくださいませ」

「――――は？」

さすがに頭が混乱してくる。何を言われているのかさっぱりわからない。

「やはり…、お気に召しませんか？」

壱岐が不安そうに顔を曇らせた。

「いえ、そうではなく…」

志延は困惑しきった表情を壱岐に向ける。

聞いていいものなのかどうかひどく戸惑われたものの、ここまできたら、聞かずにはいられなかった。

「――――これは……どういうことなんでしょうか」

「と、申されますと？」

「郡上家では、住み込みの従業員をこんなに厚遇するんですか？　こんな…、服まで用意していただいて」

そう言うと、壱岐が妙なふうに顔を曇らせた。

「志延様がおっしゃる意味が、わかりかねますが……」

「その、志延様っていうのも、やめていただきたいんです。俺は、そんなご立派な敬称をつけていただけるような身分ではないんですから」

重ねて言うと、壱岐は不本意だと言わんばかりに眉《まゆ》をひそめた。

「私どもは、旦那様の大事な方がお屋敷においでになると伺っておりましたので、そのつもりでお迎えの用意をし、今後はできうる限りのお世話をさせていただく所存でございます」

「だ…、大事な?!」

「はい」

壱岐はしっかりと頷いた。

志延の頭はすでに混乱しまくっている。

「誰かと間違えてるんじゃありませんか？　なにか、誤解されてるとか…？」

「…？」

狼狽する志延を前にして、壱岐は黙ったままだったが、その表情は「何がおっしゃりたいのですか？」と雄弁に問うていた。

主の不審な言動に口を差し挟んだり疑問を持ったりしないのが、執事の分《ぶん》だと壱岐がわきまえていて、それを志延にも適用しただけだったのだが、当の志延にとっては無言のプレッシャー以外の何物でもない。

「俺は……、その、郡上さん……じゃない、総帥の、いわば経理係みたいなもので、――ただの税理士ですし……」

どう説明して納得してもらえばいいのか、志延は困惑しきってしまい、言葉にできなくなってしまった。

壱岐と自分との間に、とんでもない齟齬《そご》があるようにしか思えない。

まいったな、と正直思いあぐねているところへ、開け放してあったドアの隙間から、メイド服を着た若い女が顔をのぞかせた。

「どうかしましたか？」

「サロンの者が参りました」

「待たせておきなさい。すぐに志延様と行きますから」

壱岐が指示すると、メイドは軽く会釈をして下がっていった。

「あの、お客様ですか？」

話が見えないものの、自分の名前が出されたことで関わりがあることくらいは察した志延は、ますます困惑の度合いを深めながらも壱岐に聞いてみる。

「こちらへ」

問いには答えず、壱岐はにこやかに志延を廊下に連れ出した。

長く入り組んだ廊下を壱岐の後について歩きだしたものの、二つ目の角を曲がったあたりで、案内なしに自分にあてがわれた部屋に戻るのは無理だろうと思わざるを得なくなる。

(なんなんだ、この家はっ。っていうか、屋敷か！　それにしたって、広すぎるだろ！)

こんなところで暮らしていけるのだろうかと、かなり不安になってきたころ、壱岐が一つのドアの前で立ち止まった。

「どうぞ、お入りください」

言われるまま部屋に入った志延は、今度こそ自分の目を疑う。

だだっ広い空間は真っ白の調度で設えられていた。壁も天井も真っ白で、床は間違いなく総大理石張りだ。

中央に白いタオルが敷かれた台が置かれているが、これは多分ベッドだろう。よく通っていた整骨院に似たようなベッドが置かれていたので、なんとなくわかる。

隅の一角には円形の浴槽があって、ゴボゴボと泡が立っているところからすると、ジェットバスなのだろう。よく見れば、壁に金色の小さなライオンの顔がついていて、口から勢いよく湯が注がれていた。

大きな窓からは午後の西日が燦々《さんさん》と降り注がれており、室内の至るところに置かれている鉢植えというのには大きすぎる観葉植物や、巨大なフラワーアレンジメントを生き生きと鮮やかに見せている。

（なんだここ…？　健康ランドっていうか、――――プリティ・ウーマンでジュリア・ロバーツが入ってたホテルの風呂場みたいじゃないか…）

思った途端に目眩《めまい》がしそうになって、広すぎるとはいえ、個人宅の廊下を歩いていたはずだ、間違いなくここは郡上の本宅なのだと、何度か自分に言い聞かせる羽目になる。

そんな志延の混乱を見透かしたように壱岐が言った。

「こちらはスパになっております」

「――――は？」

スパ…。

士業の税理士とはいえ、客商売には違いなく、商売柄世事に疎くては務まらないため、志延とて『スパ』がなんなのかくらいは聞き知っている。

だが、それはあくまでもホテルやリゾート施設、エステサロンなどに併設されているものであって、個人の住宅にあるものだという認識はない。

「週に一度、当家が出資しておりますサロンから、トップクラスのエステティシャンが施術に通ってまいります。本日はご挨拶も兼ね、呼んでおりました」

呼んで…って、なんのために？　と顔中に書いてあっただろう志延を、壱岐はかすかな笑みでもって制した。

歯医者で助手をしている女性が着ているような薄いピンク色の制服を着た女性が四名、進み出てくる。

中でもチーフらしき少し年嵩《としかさ》の女性が、代表して挨拶をした。

「本日より志延様を担当させていただきます。ご要望がございましたら、何なりとお申しつけくださいませ」

「――――はぁ？」

なんで俺に挨拶してくるんだ？　担当するって、何をだ？

志延はもう、訳がわからなくなっていた。

「お仕度を」

隙をついたような壱岐の言葉が終わらないうちに、エステティシャンが総出で志延の服に手をかけてくる。

「ちょっ…と、――あの！」

思わず後ずさった志延の肩を壱岐が抱きとめた。

力を入れられている感じはしないのに、どういうわけか外せない。

「お静かに」

「――だって、これ…！」

狼狽する志延に、壱岐が相変わらずにこやかな笑みを浮かべたまま、説明してくれる。

「旦那様の担当の者とは違いますが、レベルは同程度と聞いております。ご安心くださいませ」

「だ…旦那様って、まさか、郡上、じゃない総帥も？」

「はい」

当然だというように壱岐が頷く。

「身だしなみでございます」

「身だしなみぃ？」

一瞬啞然《あぜん》とするが、混沌《こんとん》とした脳裏の片隅でさもありなん、という気はしていた。

あの美貌《びぼう》はこうして作られていくのか、という納得でもある。

だが、それを自分がされる、となると話は別だ。

「施術の内容をご説明しなさい」

志延が及び腰になっているのは、そのせいだと言わんばかりの口ぶりで壱岐がエステティシャンに命じた。

「申し訳ございません」

チーフが恐縮している。

「本日は全身のトリートメントとマッサージ、ヘッドスパ、マニュキュアを予定しております。三時間ほどで済みますが、お時間はよろしいでしょうか」

「結構でしょう。3時間程度なら、お夕食にも十分に間に合います」

女性相手に抵抗することもできず、されるままに服を脱がされている志延の脇《わき》で、壱岐とチーフがさっさと話を進めてしまっていた。

「それでは、志延様、ごゆっくりお過ごしくださいませ」

「い、壱岐さんっ」

「お部屋係を残しておりますので、不都合がございましたら、お申しつけください」

「――――え…??」

ウソだろ、と思う間に壱岐は部屋を出ていってしまう。

あとには、半裸で唖然としている志延と、エステティシャン、それに能面のように表情を変えない若いメイドが残された。

「さ、志延様…」

チーフが作り笑いの中に、抵抗するなという視線を込めて、志延の残りの着衣に手をかける。女性五名に囲まれて、恥ずかしいからいやだと逃げるわけにもいかず、志延は覚悟を決めて裸になると、言われるままに施術台に横たわるしかなくなったのだった。

ヘッドスパは確かに気持ちがよかったが、真っ裸で女性にあちこち揉《も》まれたり、オイルを擦り込まれたりするのはやはりひどく気恥ずかしい。

エステティシャンが女性だったからよかったが、若い男だったらマズイ事態になりかねなかった。

背中も尻《しり》も、足の指先まで揉みほぐされ、爪《つめ》まで磨かれて、ようやく解放される。

行きつけの飲み屋で顔を合わせるゲイ仲間には、メンズエステやネイルサロンに通っているという者もいたが、大抵は美容師やアパレル関係の販売員か、ホストであって、彼らは女性並みに己の体を磨くという自己投資をしてもおかしくない職業についていた。

女から巻き上げて男に貢ぐんだと言って憚《はばか》らないホストが、サロンでマッサージされると気持ちよすぎて眠くなる、と言っていたのを思い出したが、志延がその境地に至るまでは、遠い道のりになりそうだった。

緊張しすぎてすっかり疲れきった志延を、メイドが部屋に案内してくれる。

着ていたスーツはどこかへ運ばれてしまったらしく、下着にバスローブという格好のまま、ぐったりとベッドに腰を下ろしていたら、壱岐が盆を手に部屋に入ってきた。

「お飲み物をお持ちしました。だいぶ汗をかかれているはずですから、水分をたくさんとってください」

そう言って、ライムの香りがする冷たい水が入ったグラスを差し出してくれる。

風呂やマッサージでかいた汗ではなく、冷や汗だったのではないだろうかと思いながらも、喉が渇いていた志延は、ありがたくグラスを受け取った。

かすかな酸味が、すっきりしていて心地よく、あっという間に飲み干してしまうと、壱岐が持ってきていたピッチャーからお代わりを注いでくれる。

グラスを持つ自分の手指がいつもより白く見えることや、爪が艶やかに輝いて見えること等は、この際、黙殺してしまうことにした。

「ちょうどテーラーが参ったところです」

壱岐は言うと、初老の男を志延の部屋に招き入れる。

小太りだが人のよさそうなテーラーは、下着姿の志延を手際よく採寸していった。

身一つで郡上邸に住むことになってしまった志延には着替えもない。どうしたものかと思っていると、壱岐がクローゼットから柔らかな素材のシャツとコットンパンツを出してくる。着せかけようとするのを慌てて断り、急いで出されたものを身につけた。

「仮縫いにまた伺いますので」

テーラーがそう言い残して退室していくと、イージーオーダーの経験すらない志延は、驚くのを通り越し、げんなりしてしまう。

「これも身だしなみのうちですか？」

精神疲労がピークに達していたせいか、嫌味っぽい言い方になってしまったが、見た目よりも数段老練な執事である壱岐は、さすがに眉一つ動かさなかった。

「旦那様が、ご自分と同じテーラーで、とお言いつけになりましたので」

「だからって、なんでなんですか」

取り繕う余裕を失ってしまった志延は、執拗《しつよう》に壱岐を問い詰める。

「いくら何でもやりすぎだって思わないんですか？」

郡上の命に従っているだけであろう壱岐にあたってもしようがない。そんなことは百も承知だったが、口が止められなかった。

「俺は単なる経理屋で、他のことは何もできません。しかも、どっちかっていうと人質みたいなもんで、あなた方以上に『旦那様』には逆らえない。そんな立場の人間に、ここまでするいわれはないはずじゃあないんですかっ」

兄と会社を盾に取られ、否応《いやおう》なしの状態に追い込まれている、という思いしかなかったから、人質という言葉は自然に口を突いて出た。

否やと言ったら何もかも取り上げられて路頭に迷う。

己の人生で贖えと言われた言葉を忘れたことはない。故に、住み込みだと言われても逆らわずにいた。

眠る間もなくなるほどにこき使われたとて、文句は言えない。そう思ってもいる。

だが、今のこの状況は違う。

金持ちの酔狂とはいえ、からかわれ弄《もてあそ》ばれているかのような現状は予想だにしていなかったものだ。

いきり立つ志延が嚙みつくような視線を向けても、壱岐が動じる様子はまるでない。

「旦那様は、志延様がこの屋敷で快適に過ごされることを望んでいらっしゃいます」

穏やかで、ともすれば抑揚を欠きそうな壱岐の言葉は、どんな八つ当たりをしたところで無駄だと言って聞かせているかのようだった。

「私どもは、そのお言いつけを守るのみ。当家のしきたりであっても、志延様がお望みでないのなら、できうる限りご要望に沿うように致します」

その言葉に、志延はぎょっとする。

「ちょっと待ってください。そんな…、しきたりとか、俺は、別に――」

「もちろん、どうしても外せないものはございますが、そうでないものにつきましては、できうる限り志延様のご要望に…」

「もういいですから！」

思わず怒鳴っていた。

と同時に、怒鳴った自分が信じられない。

郡上や静沢と違い、壱岐が威圧的な態度に出ないせいか、無意識のうちについ八つ当たりをしてしまったのだ。

幼いころから孤独を強いられ、周りに気を遣いながら成長してきたせいか、志延は、ごく普通の子供がするような、我儘《わがまま》や癇癪《かんしゃく》を抑え込む習性がついている。

兄は優しかったが、唯一安らぎを与えてくれる存在だっただけに、絶対に嫌われたくないという思いからか、甘えることも上手にはできないできた。

大学に入ってからはずっと一人だったし、身についた処世術は、就職してからも役に立ち、感情を露《あら》わにして他人にぶつけるという真似は、ついぞしたことがない。

社会に出てからは、自身の感情をコントロールできないのは未熟なせいだという考えすら持っていたから、壱岐に対する自分の態度には、心底情けなくなった。

父親の死の報から、自分を取り巻く環境があまりにも目まぐるしく変化したことは違えようのない事実だったが、だからといって、それを理由にできるとは思えないし、したくもない。してはいけないのだ、とも思っている。

それなのに、感情のセーブができなかった。

きっと、自分でも想像もしていなかったことの連続攻撃を受けたからだろう。

そう思って、自分を誤魔化す、というか納得させるしかない、と思った。

そうやって、屁《へ》理屈をつけて言い訳をする自分がますます情けない。

壱岐に、利かん気な幼稚園児を前にした忍耐強い保育士のように、そんな自分を見守られていることも、さらに志延を落ち込ませる。

プロフェッショナルらしく、壱岐に下手《したて》に出られて、恐ろしくいたたまれなくなったのだ。

自分でも、もうどうにも収拾がつかなくなって、捨て鉢になったように志延は吐き捨てる。

「いいですから…っ」

どうとでもなれ、と思った。

なんでも言う通りにする。してやる。

それがどんなに理不尽であっても、――からかわれているような気にしかならなかったとしても…。

「志延様、私どもは、いえ、旦那様は本当に…」

言いかけた壱岐を制するように、志延は謝罪の言葉を口にした。

「すみませんでした」

「――」

悄然《しょうぜん》としていると、いつの間に来たのか静沢が部屋の入り口に立っている。

「よろしいでしょうか？」

静沢が入ってくると、壱岐は一礼して下がっていく。

今もって訳がわからない志延は、静沢に疑問をぶつけるしかなかった。

口の堅い執事は、欲しい答えをくれなかったのだから。

「一体どういうことなんです？　なんで、こんなに待遇がいいんですか？　三岳に出資していただいた額を考えたら、俺なんか奴隷奉公同然に、物置で寝かせられたって文句を言える立場じゃないですよ？」

静沢が少しだけ唇の端を上げる。声は立てないが、かすかに笑ったようだった。

「これは驚きましたね。待遇がよくて文句を言われるとは予想外でした。お望みがあればかなえて差し上げたいところですが、物置で寝起きしていただくわけにはまいりません」

「ですが！」

お忘れですか、と静沢が視線で問う。

郡上財閥総帥の側《そば》近くで仕えている静沢は、単なる秘書というだけではなく護衛も兼ねているだけあって、何をしても主《あるじ》の命に従う忠実さと冷徹さとを合わせ持っている。

「志延様にはこの屋敷にいていただきます。それが総帥のご意向ですので」

郡上の命だと言われれば、逆らうことはできない。

それに、と静沢は続けた。

「志延様には身辺に気をつけていただかねば」

「――どういうことですか？」

それこそ疑問に思って聞くと、静沢は鋭い眼光を志延に向けてくる。

「今後、志延様は郡上グループの様々な経理上のデータを扱われることになります。中には公に表に出せないようなものも含まれています。そういう立場になった方に、深夜に繁華街をうろうろされては困ります」

「な……！」

狼狽する志延に、静沢は畳みかけるように言う。

「カサードという店によく行かれているようですが、あまりお勧めしませんね。ご存じないでしょうが、あの店には違法な薬物を扱うような連中が顔を出すことがあるんです。先々週、袖《そで》にされたホスト風の男もその一人ですよ。賢明なご判断でした」

ゲイであることはもちろん、夜な夜なその手の店に通っていたことまでをも知っていると言われ、志延は血の気が引いた。

そんな志延の様子を一瞥した静沢は、気にも留めない様子で続ける。

「もちろん、総帥もそうした真似は慎んでほしいと思っておいでです。ですが、まぁ、気に病むことはありません。あの方も、閨《ねや》に引き入れるのは女性より男性の方が断然多いですからね」

静沢の言葉にぎょっとした志延は、思わずその顔を凝視した。

と、静沢の口元に意味ありげな笑みが浮かぶ。

「それって…」

心臓が止まりそうで、喘《あえ》ぐように言いかけた志延の言葉を遮るように、静沢は手にしていたディスクを渡してくる。

「三岳興産の財務資料です。精査の上で気づいた点を総帥にご報告ください」

そう言い置いて、静沢は出ていってしまう。

(志延様はご自身の役割に徹してくだされればよいのです)

この屋敷に来る車中で、静沢はそう言わなかったか？

その役割というのは、単にビジネス上のそれではなかったらしい…。

「ウソだろ…」

志延は疲れきったようにベッドに座り込み、我知らず重苦しい溜息をついていた。


「足りないものはないか？」

帰宅した郡上を交えての夕食は、壱岐が告げたとおり八時にダイニングルームで始まった。

巨大なテーブルの中央に差し向かいで席に着くと、給仕が皿を運んでくる。

きれいに盛りつけられた前菜を目にすると、緊張のあまり食欲が失《う》せてくる始末だった。

壱岐からは、今日の夕食はフレンチだが、郡上の要望によって和洋中と日によって違うのだと聞かされている。

志延にも、お召し上がりになりたいものがあれば何でもお申しつけくださいと言ってくれていたが、それどころではなかった。

メインの子牛のローストにもほとんど手をつけられないまま、切り刻んだだけで終わる。時折郡上が話しかけてくるが、頭が逆上《のぼ》せたようになっていて、何を聞かれたのか覚えてもいなかった。

疲れているようだから寝室に下がるといいと言われ、ようやく人心地つく。

部屋に戻って、風呂に入っていると、不意に気になって仕方がなかったことが具体的に圧《の》しかかってきた。

「あれって、やっぱり、そういう意味だよな…」

静沢の意味深な笑みが頭から離れない。

役割、と言っていたのは、やはり体で奉仕しろということなのだろう。

スパで体を磨き立てられたのも、そう考えると納得がいく。

クローゼットの服の山を思い出しながら、「服を贈るのは脱がせたいからだ」という陳腐な理屈が頭をよぎった。

「そうじゃなかったら、家にまで連れてこないよな…」

志延はひとりごちる。

（要望に即座に対応って……、要は総帥サマの気が向いたときにいつでもやれるようにしてろってことだろうが……！）

毒づいた言葉は、それでも口にはできなかった。

「クソ……ッ！」

信じられないような思いと、状況から考えて、やはりという思いとが交錯している。

シャワーを浴びながら、志延はそっと自らの手で双丘の狭間《はざま》を割り開いた。

そこを使ってセックスしたことは、十代の終わりごろ、ほんの数回だけしかない。

抱かれる立場のセックスを幾度か経験して、やり方を覚えてからは、抱く方しかしていなかった。

どちらかといえば女顔の志延ではあったが、小柄なわけではなかったから、二十歳を迎えようという青年期に入り、その匂うような色香に引きつけられたのは、若い男に組み敷かれたいという輩《やから》が多かったからである。

郡上が相手なら、当然全てを差し出さねばならないだろう。

他者を支配する立場に生まれついた男が、ベッドでは組み伏せられるのを好むという倒錯的な嗜好《しこう》も否定はできないが、郡上に限っては決してそんなことはないと確信が持てた。

郡上を押し倒そうなどという不逞《ふてい》の輩がいたら、逆鱗《げきりん》に触れ、その場で落命してしまうかもしれない。

溜息を一つついた志延は、忘れかけていた感覚を思い起こしながら、四肢を丹念に洗ったのだった。


(まいったな…)

廊下に出た志延は、その場に立ち尽くしていた。

ほんの数メートル先にある、廊下の突き当たりの扉の向こうが郡上の寝室だと、壱岐に教えられている。

ノックをして部屋に入り、あとは郡上の望むようにすればいいのだとわかってはいるが、体が動かない。

夜半、照明が絞られた天井には数メートルおきに小さな電球が灯《とも》されているだけだから、廊下は薄暗い。

空調も切られているのか、肌寒くもあった。

用意されていた夜着は肌触りのよさにコットンだとは思えなかったほどだったが、防寒性には優れていない。

羽織っているガウンも薄手で、深夜、暖房が落とされた屋敷内を歩き回ることを想定して作られたものでないことは明らかだった。

意を決して拳《こぶし》を上げ、ノックをしようとした手は空で止まってしまう。

(やっぱり…)

自分には娼婦《しょうふ》か情人のような真似は無理なのだと、手を下ろし、踵《きびす》を返そうとした刹那、カチャリとノブが回る音がした。

「何をしている」

郡上だった。

やはり寝支度を済ませていたらしく、夜着の上にガウンを羽織っている。

仕立てたテーラーもさぞかし満足であろうと思われる完璧《かんぺき》なスーツ姿しか目にしたことがな

かったから、郡上のそんな恰好は十分に驚きだった。

就寝するときでもスーツで、髪も乱さないままなのかと無意識にでも思っていたのだろう。

郡上という男は、それくらい、隙がなかった。

「――すみません」

視線を落として謝ると、その場を辞そうとする気配を察したかのように、郡上に腕を取られた。

「入りなさい」

郡上の寝室は、つくりはほぼ志延が与えられた部屋と同じようだったが、大分広いようだった。

壁際に置かれているキングサイズというには大きすぎるようなベッドを見つけてしまった志延は、息をつめて身を硬くする。

ここまで来てしまった。いまさら逃れることはできない。

会社と兄のためとはいえ、いっそ堕《お》ちるところまで堕ちてしまえば開き直れるかもしれないとすら思う。

(妾《めかけ》の子には相応しいよな…)

そんな自嘲すら浮かんだ。

蒔内も他の役員達も、このことを知っていたに違いない、と志延は思う。

だから、わざわざ呼び戻したのだと。

郡上から資金を引き出すための担保にできるものは何もなく、会社再建の計画すら白紙状態で、他に差し出せるものがなかったのだろう。

母親譲りの美貌を持つ志延の存在は、かえって好都合だったのかもしれない。

跡取りの兄には、体を使って資金源を誑《たら》し込んでこいなどとは、口が裂けても言えなかっただろう。

その点、銀座のナンバー1ホステスだったとはいえ、商売女の息子にやらせるのであれば、良心も痛まない。

「どうかしたか？」

問われて、この瞬間、覚悟が決まった、と志延は思った。

ここまで来たからには全てを受け入れ、どんなことをしても会社を立て直そうと。

兄の意識が戻り、志延に代わって采配《さいはい》をふるう、その日までは、耐えてみせる。

脱げと命じられる屈辱を味わうよりは、自分の意志で肉体を差し出すことを選んだのだと思いたい。

背中を向けたまま、志延は着ていたガウンを床に落とした。

夜着も脱ぎ捨て、素肌になる。

さすがに、郡上の顔を見ることはできず、視線をそらしたまま、その胸に体を寄せた。

郡上はしばらく動かなかった。

まずかったかと内心で志延が焦り出したころ、ようやく背中に温かい掌が当てられる。

ホッとしたのも束の間、凄《すさ》まじい勢いでベッドの上に放り出された。

仰向《あおむ》けに転がった志延にまたがった郡上が、上から見据えてくる。

その眼光の鋭さに、怒らせたのかと身を竦《すく》ませてしまったものの、腰から大腿部《だいたいぶ》へと滑り下りていく掌を感じ、安堵《あんど》した。

だが、緊張して強張った四肢は、まだ解けない。

十代のころですら、相手を誘うような真似はしたことがなかったから、どうしていいのかわからなかったせいもある。

志延自身は過剰な演出や演技を嫌い、即物的なセックスしか求めてこなかったから、色気を振りまく相手に情感たっぷりに誘われた経験もなかった。

物慣れない若い相手であれば、されるままになっているのもいいだろうが、いい加減遊び慣れ、かなりすれていると思われているだろうに、こんな様では初心《うぶ》な振りをしているのだと思われかねず、計算高いと誤解されるのは我慢ができない。

志延は、少しだけ身を起こすと、郡上の下肢に手を伸ばした。

夜着の上からそっと足の間を撫《な》でると、隆起しているものを感じる。

そのまま下着の中に手を差し入れ、兆《きざ》している肉に直接触れた。

手に取っただけで、その大きさと硬度がわかり、これを受け入れることを思うと、かすかな恐怖すら覚える。

まだ完全に勃《た》ち上がったわけではないのに、志延が知っているどの男よりもずっしりとした存在感があった。

郡上がわずかに腰をずらすと、それに誘われるように、志延は顔を伏せ、両手で下着を押し下げる。

初めて目にしたものは、予想していたよりずっと大きく思えた。

その肉塊に唇をつける。先端を咥《くわ》え、舌先で雁首《かりくび》を舐《ねぶ》り回した。

薄い皮膚の下から太い血管が隆起してきて、郡上が快楽を得ていることを教えてくれる。

両手で根元から擦《こす》り上げながら、先端を吸い上げるようにすると、粘った蜜《みつ》が滲《にじ》み出てきて、志延の舌を刺激した。

それを舐《な》めとった後で、根元から先端へと何度も舌で往復し、重量感のある睾丸《こうがん》までも口をつけて頬張る。

唾液《だえき》と粘液でしとどに濡《ぬ》れたころ、郡上が志延の額を捕らえ、己が股間《こかん》から引き剝《は》がした。

見据えられた視線が食い込むように痛い。

うつ伏せになるよう、郡上の手に導かれ、背中を向けて腰を掲げる。

「…っ！」

やわらかく熱い感触に、思わず息をつめてしまう。

双丘を押し開いた郡上が、露わになった窄《すぼ》まりに舌をつけたのだ。

「ひ……っ…！」

襞《ひだ》の一つ一つに沿うように濡れた舌が蠢《うごめ》いている。

そんな愛撫《あいぶ》をされたことは、未だかつてなかった。

知らず、腰が震えてしまう。

郡上の指が窄まりを開かせ、わずかに開いた隙間に舌を潜り込ませてくる。

入口とはいえ、肉壁の中を舐め解かれる感触に、志延は半狂乱になった。

「あっ、あっ、やめ…っ、それ、やめてくださ……っ」

「じっとしていろ」

低い声で命じられるが、おとなしく従うことはできない。

「そんな…っ、汚い……」

排泄《はいせつ》口を舌で愛撫するなど、自分でもしたことがなかったから、逃れようと腰を振るが、郡

上の手に、阻むように捕らえられてしまった。

背後で郡上が嗤《わら》う気配がする。

「汚い？　――いい香りがするが？　おまえの部屋にあるバスソープと同じ香りだ」

こうされることを予想していたのだろうと揶揄《やゆ》され、志延は羞恥《しゅうち》で首筋まで朱に染めたが、自分では当然わからない。

桜色になった項《うなじ》を目に入れ、眦《まなじり》を下げたのは郡上だった。

「感じているなら隠さなくていい」

睦言《むつごと》とはほど遠い言葉は、だが耳にとろりと甘く聞こえる。

「自分でもわかっているんだろう。口が開いてきたぞ…」

生理的な涙が滲んできた目元を枕《まくら》に押しつけ、志延は必死に初めて味わう感触に耐えた。

感じているのだという自覚はある。

時折、くちゅりと湿った音が聞こえてくるその部分が、熱く疼《うず》いてしまっていた。

郡上の舌と唇とで施された潤いが、その長い指でさらに奥へ塗り込められていく。

「う……ぅっ」

喉の奥からせり上がりそうになる呻《うめ》きを、必死で噛み殺した。

だが、その我慢も、郡上の指がある部分を掠《かす》めた途端、砕け散る。

「ひぃ…ぁぁぁ……っ！」

前立腺《ぜんりつせん》を捕らえられたのだ。そこを刺激されたら一溜《ひとた》まりもないのだと知っていたから、夢中で腰を振っては郡上の指から逃れようとした。

跳ね上がる腰を愛撫は執拗に追いかけてくる。

あまつさえ、背中から圧しかかってきた郡上が、耳元に淫靡《いんび》な言葉を囁《ささや》いてきて、志延の矜持を奪おうとするのだ。

「そんなに腰を振るほど感じているのか」

「や…っ、違っ、――ぁぁぁぁ……っん」

「違うものか。こんなに濡らしておいて」

そう言った郡上が、知らしめるように志延の股間で膨れ上がっていたものを手に取る。

するりと撫でられて、思わず肩に震えがきた。

先端を指先で撫でられ、湿った音が聞こえてきたせいで、濡れていると言った郡上の言葉に嘘がないことを知らされる。

「まだ二本しか指を入れていないのに、きつく締めつけてきて、痛いくらいだ」

言われなくてもわかった。郡上は淫乱《いんらん》だと志延を詰《なじ》っているのだ。

わかっているのに止まらなかった。

感じすぎて、セルフコントロールがきかないセックスなど、志延の中ではありえないことなのに、現実に頭がおかしくなりそうなほどの愛撫を与えられている。

郡上の指が抜かれた。

それを無意識に追おうとする腰の動きを、志延は止めることができない。

また詰られると思ったが、淫猥《いんわい》な揶揄《やゆ》の代わりに熱い切っ先があてがわれた。

郡上の指を二本呑み込むほどには解《ほぐ》されたとはいえ、潤滑剤を施されているわけではない窄まりは、ぬめりが足りず、雁首の部分を呑み込んだはいいが、そこから先になかなか進まない。

だが郡上は焦《じ》れる様子を見せず、入口の襞にくびれた部分を引っかけると、ゆっくりと扱《しご》き始めた。

ぬぷぬぷと、出入りする音がかすかに聞こえてくる。そうでなくても、太いもので入り口を掻《か》き回されるだけで、十分に刺激になっていた。

痛みを感じない分、粘膜を擦られる感覚がリアルに伝わる。その部分がむず痒《がゆ》いような感じがして、もっと激しく突いてほしいとすら思ってしまう。

もう耐えられないと泣きを入れそうになった瞬間、塞《ふさ》がれていた窄まりが、ぐぐっとさらに押し広げられる感触がした。

「……っ」

キツイと頭を振り上げた途端、内部に熱いものが注ぎ込まれる。

「ひ……ぃっ」

内部で吐精されたのは初めてだったから、直腸を伝い落ちる粘液の感触に、志延は思わず身震いしていた。

だが、郡上が射精したことで、終わったのだという安堵が広がり、ふっと肩の力が抜ける。

すかさず、郡上が腰を打ち込んできた。

「あぁ…っ！」

腰を押さえ込まれるようにしてねじ込まれた楔《くさび》は、ずるりと奥まで入り込んでくる。

窄まりは、先ほどの抵抗が単なる気まぐれだったかのようにあっさりと剛直を受け入れ、根元まで飲み込んでしまう。

浅い部分での吐精は、潤滑剤代わりだったのだと思い知らされた。

ぬめりがよくなった内部を、太いものがゆっくりと出入りしている。

狭い器官はいっぱいに広げられ、みっちりと埋め込まれたものを押し返そうとしていた。

その様子が、まるでついさっき施した口淫《こういん》のようだと思い至った途端、火を噴きそうなほど体が熱くなる。

「急にどうした？」

四肢の些細な変化すら、体を繋げていると伝わってしまうらしい。

郡上がうつ伏せて顔を隠している志延の頬《ほお》に口元をよせ、低く問うてくる。

耳に心地よいテノールは、かすかな吐息とともに、頬や耳、首筋までをも愛撫してしまう。

「あ…っ、あぁ…――――っ」

額を枕に擦りつけるようにして喘いでしまう。

「感じやすいことだ…」

そう呟いた郡上の口元には、かすかに楽しげな表情が浮かんでいたが、志延は見ることができなかった。

郡上の指に胸の尖《とが》りを摘《つま》まれ、執拗に扱かれて、さらに大きな呻き声をあげる。

圧倒的だった。

志延の体も脳も、今や郡上が支配しているといっても過言ではない。

バスルームで洗浄したときは、己の指だというのに異物が入り込むことを嫌がり、散々手こずらせたというのに、猛《たけ》った郡上自身をしゃぶるように蠢いている後孔の粘膜が信じられなかった。

そこから沸き起こる快感を与えている郡上は、志延が寝てきた男達の中でも格段に性技に長《た》けているとしか言いようがない。

長く抱く側でいたから、自分と引き比べ、余計にわかってしまうのだろう。

（――凄すぎる…）

志延自身には、ほんの一瞬触れられただけなのに、出してしまいたくて堪《たま》らないところまで追い込まれていた。

「あぁっ、あぁっ、あ…はぁ……んぅっ」

腰を掴まれ、敏感になった粘膜を執拗に擦り上げられて、志延は夢中で喘いでいた。

「も…ぉっ、も…っ、だめ…っ、あぁぁ――…っ」

乳首をきりきりと抓《つね》られた刹那、堰《せき》が切れたように弾けてしまう。

白いシーツの上に粘った蜜を撒《ま》き散らす。

その間も、郡上の律動は止まらなかった。

震えながら射精する志延の後孔を突き続けている。

「あぁ――っ、あ――…ぁっ」

もう駄目だと思った。快楽が深すぎて死んでしまう…と。

実際、そう口走ったかもしれない。

崩れそうになった腰を引きずり上げられ、尚《なお》も深く犯され続けた。

開いたままの口から、もう声も出なくなったころ、再び熱い迸《ほとばし》りが注ぎ込まれる。

注ぎながらも郡上は動くのをやめなかったから、朦朧《もうろう》とした志延の耳にも、ぐちゃぐちゃと湿った卑猥《ひわい》な交接音が聞こえてきた。

粘膜に染み透《とお》るように蜜液を塗り込められる。

ようやく郡上が楔を抜いたときには、志延は頭が真っ白になっていた。

もう指一本動かせないと思っていたのは大袈裟《おおげさ》だったらしく、郡上に腕を取られると、ふらつきながらも起き上がって自分で歩くことができる。

バスルームに連れ込まれ、タイルに手をついた格好で、郡上の手で後孔を洗われた。

大量の精液がシャワーとともに内股《うちまた》を伝い落ちていく感触に、どうしようもなく感じてしまう。

それを見逃さない郡上は、背後から手を伸ばして兆し始めていたものを握ると、ゆっくりと扱いていく。

ぷっくりと熱を持ったままの乳首と一緒に愛撫されては、長くもたず、あっという間に郡上の手を汚してしまった。

精も根も尽き果てた志延は郡上の腕を滑り落ち、タイルの床の上に座り込んでいた。

そのすぐ脇で体を流している郡上の股間もまた兆しているのを見つけてしまった志延は、引き寄せられるように口をつけてしまう。

もう、何も考えてはいなかった。

ただ快楽を得、奉仕することを無意識のうちにしているだけだった。

シャワーを止めた郡上が、小さく息をつめる。

先端を咥えながら、両手で太い茎の側面を繰り返し扱いた。

鈴口を舌先で抉《えぐ》るように舐めると、口の中に粘った蜜が溢《あふ》れてくる。

飲み込めずにむせていると、引き起こされ、あてがわれたシャワーで口をすいだ。

小さく咳《せ》き込んでいたのが収まるのを待っていたらしい郡上が、初めて口付けてくる。

舌を舐られて、くすぐったいような感触に鼻を鳴らすと、ようやく郡上がほんの少しだけ笑みを見せた。

そのことに泣きたいくらい安堵する。

まるで主人の機嫌を伺う犬のようだと思い、似たようなものなのだと腹の底で自嘲した。

生きるも死ぬも、この男の胸三寸次第なのは、間違いないことなのだから。

そうして、志延の生活は、判で押したような決まりきったものになった。

自ら望んでそうしたわけではなく、郡上の予定に合わせていると、自然とそうなるのである。自室に運ばれてくる朝食をとってから支度をして、車で郡上とともに出勤し、与えられたオフィスで財務データを分析して一日を過ごす。帰りは郡上と一緒でないこともあるが、迎えの車で屋敷に戻り、夕食を、一人もしくは郡上とともにとる。

夜は、どれほど遅くなっても、郡上は帰宅すると当然のように志延を抱いた。交わりは夜毎《ごと》濃厚になり、終わると朝まで泥のように眠ってしまうことが度重なるようになる。そうすると、朝食は郡上の部屋で一緒にとるようになったのは、自然の成り行きといえなくもない。

郡上が指示をしたのか、壱岐が気を利かせたのかはわからないが、初めて、寝室続きの郡上専用の居間に朝食が二人分用意されているのを見たときは、さすがにいたたまれない思いがしたものだ。

屋敷中の使用人が知っているとは思いたくないが、少なくとも、壱岐と料理人は、志延が夜のお勤めを果たしていることを知っているのである。

しかも、その夜のうちに自室に戻れないほど、行為が激しいのだということも。

さすがに支配者に生まれついた人間は違うのか、自らが主の立場にあるからなのか、郡上が動じる様子は全くなかった。

そんな姿を目の当たりにしていると、いちいち気になどしていられないという気持ちにもなってくる。

(開き直りってやつだな…)

自嘲というより、自分の図太さにあきれるような気持ちだ。

「議事録ができましたので、サインをお願いします」

志延付きの秘書である顕木《あらき》とともに静沢がオフィスに入ってくる。

郡上グループの中枢である郡上コンサルは、グループ傘下の不動産会社が所有する郡上ビルの最上階にあった。

郡上ビルには、グループ内のいくつかの企業の本社が入り、三十数階あるフロアの全てを郡上関係の企業が占めている。

グループ総帥である郡上のオフィスもコンサル内にあり、志延が与えられた部屋とは、秘書室を挟んで同じ並びにあった。

「議事録って、なんのですか？」

パソコンの画面から目を上げた志延は、不審に思いながらも乞《こ》われるままにペンを手に取る。議事録にざっと目を走らせると、今日行われていた不動産部門の役員会のもので、主要な議題は三岳興産の人事であった。

「これ…、聞いていませんが――」

新取締役の中に自分の名前を見つけ、志延は困惑を隠せない。

「三岳系の人間は経営陣から一掃するんじゃなかったんですか」

放漫経営を糾弾されるべき会長は故人であり、補佐役であった社長は未だ意識不明の昏睡状態となれば、責任は役員全員でとるべきだという理由で、契約の場での条件通り、郡上が全役員の首を切ったのである。

「全ての役員を一新してしまうと社員が不安に思うでしょうし、創業一族の中で、郡上グループ傘下に属している志延様が社外とはいえ、取締役の一人として就任すれば、体裁も整います。不都合はないと思いますが？」

静沢の説明はいつも否やを言わせない。

おっしゃるとおりです、と拝聴するのが常になっていた。

だがそれでも、納得できたわけではない。そうと言えない鬱屈《うっくつ》が、薄く層のように積み重なっていく。

そのうち、不満と憤懣《ふんまん》で、分厚いパイができるだろう。

鬱積《うっせき》を押し隠して、一つだけ開いている欄にゆっくりと自分の名前を書く。

年齢にはそぐわないような達筆さを思わせる郡上の署名の下では、いくら丁寧に書いたところで、見劣りするのは免れないのだが。

代表取締役には郡上融《とおる》の名前があった。

グループ傘下の不動産会社に比べれば、数段格下の三岳興産の社長に総帥である郡上自らが就任するとは思っていなかっただけに、志延は少なからず驚く。

総帥という肩書は、法人登記上もグループ組織上も存在はしない。グループ内の名だたる主要企業の代表を務め、全ての企業の大株主でもある郡上を便宜上そう呼称しているだけだ。

ただ、その総帥というのが単なる名前だけでなく、真に統率するものであることを、志延は近くにいて見聞きするようになっていた。

郡上の多忙ぶりは、志延の想像を遥かに絶するものがある。

際限なく仕事をするつもりはない、と言い、静沢がスケジュールを徹底管理しているせいで、食事や睡眠時間が確保されているのだろうが、驚異的な実務能力が、それらを許しているのだと、志延は理解していた。

総帥の元に集められるあらゆる情報を多少吟味してふるいにかけるのは静沢の役目だが、実際に拾い上げ、方針を決定して指示を出しているのは郡上である。

その判断力、決断力に、志延は驚嘆を隠せないでいた。目の当たりにしていると、自分の仕事など郡上には必要ないのではないかとすら思うことがあるし、実際にそう口にしたこともある。

郡上ではなく、静沢に対して、であったが。

「総帥個人の税務処理なんて、他に担当する人がいたんでしょう?」

これだけの企業なのだから顧問税理士がいないはずはないし、経理か法務には税理士資格のある社員がいるのではないかと思ったからだ。

それに郡上家ほどの名門旧家であれば、代々当主の税務を担当してきたお抱え税理士が必ずいるはずである。

何故今になって、全くの部外者である自分が郡上の個人的な支出入を管理する必要があるのか、志延には全く理解できなかった。

「単に雇われているだけの社員や、顧問の税理士には見せられない部分があるからです」

前にもご説明していますが? と静沢が目の端を細くして見据えてくる。

物分かりが悪いと言外に責められているような気がしてきた。

「では何故、志延様にならお見ていただいても構わないのかといえば、それはあなたが」

「単に金で雇われた社員でも、顧問契約の税理士でもないから」

志延が言葉を引き取ると、静沢がその通りです、と頷く。

「まぁ…、俺は口止め料を先払いされているようなものですしね…」

三岳興産と兄とを人質に取られているも同然だから、とはさすがに言えなかった。

思わず溜息をついてしまうと、それを見た顕木が顔を曇らせる。

「お疲れのようですね。――この後の外出は取りやめにされますか?」

「外出? 出かける予定でしたっけ?」

聞いていなかったと志延が言うと、ちらりと腕の時計を確かめた静沢が、時間が取れましたので、と言う。

「間もなく金融部門の役員会が終わりますので、総帥が戻られたらすぐに出ましょう。今からなら、佐上野《さがみの》まで行っても夜までには戻ってこられますから。順調にいっても三十分ほどしかいられないとは思いますが」

「佐上野って…」

兄の入院している病院がある場所であった。

容体に変化が見られない兄は、郡上の手配りで設備が整った大学病院に移されたのである。

特別室で二十四時間、最新の医療機器が兄の様子を見守り、いつでも医師が最善の治療を施してくれることになっていた。

兄のことを思えば安心ではあるが、都心から離れているため、頻繁に見舞うことはできないのが、志延の心痛を深くしている。

眠ったままでもかまわなかった。顔を見て、息をしているのだと確かめれば気が済むのだ。さして待つまでもなく、郡上が戻ってくる。

時計を見ると、予定より早かった。押すのが当たり前の役員会にしては、異例のことである。

「車の用意は？」

「できております」

郡上は戻るなり手にしていたファイルを静沢に渡し、志延の腕を取る、というよりは摑むようにして部屋を出た。

その後を、ファイルを部下である他の秘書に任せた静沢が足早に追う。

志延を引きずるような勢いで足早に廊下を闊歩《かっぽ》していく郡上を、驚いたような顔で、が決して口には出さない顕木ら秘書達が見送った。

寸暇《すんか》を惜しむような様子の郡上に、志延もまた驚きを感じていた。

ハプニングさえ己の想定した範疇《はんちゅう》であるかのように動じないのが、郡上だと思っていたのである。

（珍しい…）

一体どうしたんだと、押し込まれるように車に乗せられながら不審に思っていると、助手席に納まった静沢もまた運転手を急《せ》かしているようだった。

（なんだ？）

いつにない主従の様子を見ているうちに、ふと頭をかすめたものがあった。

（少しでも早く病院に行こうとして？）

まさか兄の容体に異変でもあったかと一瞬だけ疑ったがすぐに杞憂《きゆう》だと悟る。

もし本当に兄に何かあったら、すぐに聞かされるはずだ。

ならばなぜ急ぐのかといえば、思い当たることは一つしかない。

遠方の病院は往復するだけでも時間がかかる。ゆっくり見舞おうと思ったら、少しでも早く着いた方がいい。

（それで、急いでる……？）

志延の推測が本当なら、この男にしてはありえないような気遣いを見せていることにある。

（ありえない…？　――いや、そうじゃない）

気遣いはされていたのだと、志延はあらためて思い至る。

それこそ、郡上邸に入ったその瞬間から。

隣で、革張りのシートに身を沈めている郡上をこっそりと窺《うかが》ったが、怜悧《れいり》な表情はいつもどおりだ。

読めない表情の主の思惑をそれ以上察することはやめ、志延も視線を前に向けた。

兄が入院している病院に着いたとき、すでに日は傾きかけていた。

首都圏から少し外れた地方都市にある総合病院の特別室は広かったが、やはり無機質な雰囲気は否めない。

夕暮れの日に薄赤く照らされている兄の眠っている姿を見て、志延はこっそりと安堵の吐息を漏らしていた。

志延の後から郡上も病室に入ってくる。

ベッドの脇に置かれていた椅子《いす》に志延が腰を下ろすと、郡上もそのすぐ傍に立ち、横たわる兄の様子に目をやっているようだった。

「日本ではまだ無認可だが、脳に人工的な刺激を与えて活性化を促すという治療法がある。もうしばらく様子を見て、意識が戻らないようなら考えてみるのも手だろう」

「それは、海外で治療をするってことですか？」

「そうなるだろうな」

こともなげに言う郡上を、志延は驚いて見つめた。

「でも、この状態の兄さんをどうやって…」

「うちのジェットがある。医師と看護師を同乗させて、容体が急変したとしても対応できるように、医療機器も積んでいけばいい。なんなら手術室の用意もさせておけば、万全だろう」

呆気にとられる志延など目に入らないかのように平然とそんなことを言い放つ。

庶民の感覚が抜けない志延の頭の中では、医師や看護師への謝礼や医療機器のリース料の金額が駆け巡っていた。

おまけに、いくらプライベートジェットだとはいえ、機内に手術室を設置するなど、もう志延の感覚では試算すらできない。

郡上の持つ自家用機がランドジェットだけではなく、最新鋭のジャンボジェットだとは知っていたから、できない話ではないと理解はできても、感覚がついていかなかった。

「費用のことなら気にするな」

志延の脳裏を察したかのように郡上が言った。

「三岳の債務に上乗せしておいてやろう」

ぎょっとさせられるようなセリフだが、実際にそうするわけではないことは、雰囲気でわかっている。

あまり表情を変えない男だが、わずかな視線の変化や、口調の感じで、志延には郡上の機嫌がわかるようになっていた。

今の債務に上乗せ云々《うんぬん》は、郡上流の軽口である。

つまりは、慈善事業のような親切心で、兄に最先端の治療を受けさせようと申し出てくれているのであった。

「ありがとうございます…」

潤み始めてしまった両目を隠すように、志延は深く頭を下げる。

だが、郡上には何もかも見透かされていたに違いない。

軽く肩に乗せられた手は慰撫《いぶ》するように優しげで、温かだった。

「医師と話をしてくる。しばらくここで待っていろ」

そう言い置いて出ていったのは、兄と二人きりにさせてやろうという配慮なのだと、もう志延にもわかっていた。

「兄さん…」

点滴の針を刺され、痩《や》せて細くなってしまったせいで血管が浮き出ている兄の手を、そっと握る。

小学生のころは、よくこうして手を繋いだものだ。

部活や課外授業はもちろん、優秀で人望厚かった兄は生徒会役員なども務めており多忙で、帰宅は遅くなるのが常だった。

兄のいない養家では継母《ままはは》や使用人達の視線が冷たく、妾の子と蔑《さげす》まれるのが鬱陶《うっとう》しくて嫌で仕方なかったから、自然、寄り道をするのが日課になった。

大抵は公園。それもあまり子供が来ない、砂場も滑り台もブランコもないような、うらぶれた小さな庭のようなところで、図書館で借りた本を読んで過ごす。

そうしていると、時折、兄が通りかかることがあったのだ。

公園の前の道を歩きながら、ベンチに座り込んでいる志延を見つけると、兄は必ず手を繋いで家まで一緒に帰ってくれた。

その日に学校であった他愛もない話を聞いたり、聞かせたりしながら…。

友達が一緒のこともあったが、兄にも兄の友達にも邪魔にされた記憶はない。

年嵩の少年達に優しくされ、家路につくわずかな時間がとても楽しく、貴重に思えた。

「早く目を開けて――」

こみ上げるものを押し込めるようにして、志延は眠り続ける兄の肩口に額を寄せてじっと耐えていた。


「今日はどうした？」

腹の上で腰を揺する志延を眺めていた郡上に問われた。

常よりも乱れている。その自覚はあっただけに、志延は照れを払拭《ふっしょく》するように、郡上の逞《たくま》しいものを根元まで呑み込んでいる腰を動かし続けた。

兄の病院から屋敷に戻ったのは、夜半を過ぎていた。

佐上野で思いのほかゆっくりしてしまったようで、帰りは渋滞に巻き込まれてしまい、帰宅がひどく遅れたのだ。

軽い夕食をとってから風呂を使った志延は、当たり前のように郡上の寝室を訪れている。ほとんど毎日のことではあったが、夕食後、もしくは帰宅後に、郡上から直接あとで寝室に来るようにと言われるのだ。

今日も、食事の後で自室に引き上げる間際、郡上から同じように言われていた。

ベッドに仰向けになった郡上の上にまたがり、下から突き上げられる快感に追われるようにして吐精し、一瞬気が遠くなりかける。

いつもより感じ方が激しいと指摘され、志延は声もなく、ただ首を振った。

郡上の言葉には揶揄は感じられず、ただ思いがけなかったというニュアンスだけがある。

まだ達していない郡上のものは、志延の体内で存在感を増していた。

感じすぎだ、とは自分でも思っている。

よすぎて、射精したときには本当に頭の中が真っ白になったと思ったくらいだ。

郡上が下からゆっくりと腰を揺すってくる。

たいていは志延が耐えきれずに先に達してしまうのだが、それを咎《とが》められたことは一度もない。

極めた後で、ひどく感じやすくなっている志延の体の様子を確かめるようにしながら、突いてくる。

志延とて早漏では決してないから、達してしまったときは、郡上も頃合《ころあ》いのはずで、己の欲望に忠実に激しく責め立ててきてもおかしくはないどころか、それが普通だろうと思うのだが…。

そんな真似をされたのは、強いて言えば最初のときくらいだろう。

あの時だとて、起き上がれなくなるような目にはあっていないのだ。

郡上の技量なら、一晩中責め立てて、腰が立たないようにすることなど造作もないのではないかと思われるのに。

過敏になった素肌を郡上の指がたどっていく。

巨大なものがゆっくりと粘膜を擦りたてていく感触に、志延は身悶《みもだ》えた。

体の奥底に燻《くすぶ》ったままの快感に唆《そそのか》されるようにして、郡上に腰を押しつける。

両手を郡上の引き締まった腹の上について、腰を揺すり始めてしまう。

「あっ、あっ、あ…あぁぁ———っ…」

志延の動きに煽《あお》られたかのように律動を激しくした郡上が、一際最奥《さいおう》に楔を打ち込んでくる。

その瞬間、熱いもので腹の奥を濡らされていくのがわかった。

この瞬間が、志延にはたまらない。

四肢の全てがぐずぐずに蕩《とろ》け出してしまいそうになる。

ぐったりと郡上の上に倒れ伏してしまった志延を、抱きしめる腕は熱く、だがあくまでも穏

やかだった。

汗ばんだ額に張りついた髪を撫で梳《す》く指先が優しい。

借金のかたに身売りをしただけの、いわば奴隷のようなものだと割り切っていたはずの志延の心の中に、甘やかなものが生まれ始めていた。

それは、郡上の視線が、言葉じりが、手が、優しいと感じてしまうたびに大きくなりつつある。

恋愛感情ではないと思いたかった。

だが、その反面、どうせ傍にいるのなら、多少なりとも好意を持っていた方が、気が楽だろうと誤魔化す自分もいる。

性欲処理のために飼われているのではないと、そう思えてしまったから、割り切れなくなっている自分を志延は許しかけていたのだ。

「志延様、お急ぎください」

ノックもせずにオフィスに入ってきた静沢は、急き立てるようにして志延を連れ出した。

兄の容体が急変したと聞かされたのは、屋上に連れ出された後である。

「車では間に合わないかもしれません」

叫ぶように言った静沢の言葉は、ヘリのエンジンが放つ爆音にかき消されそうだった。

車なら三時間ほどの道程が、ヘリなら三十分もかからない。

郡上は出張だとかで、一週間ほどアメリカに行っていて不在だったが、この手配りが静沢ではなく総帥自らの指示だとわかっていた。

「兄さん…っ！」

病院の駐車場を緊急にあけさせて、着陸したヘリから飛び降りるようにした志延は、病室まで必死に走る。

だが、無機質な部屋で目にしたものは、医師に最後の確認をされる兄の末期《まつご》の姿だった。

葬儀は盛大だった。

会社の危機で混乱気味だった父親の葬儀より、よほど大がかりだったように思えるのは、全てを采配したのが郡上グループだったからかもしれない。

表立って指示をしたのは静沢で、これまた郡上の命だろう。

創業一族の跡取りとはいえ、すでに役員を辞任した兄を社葬で送るなど異例ともいえたが、郡上の思惑なのだと知れていたから、文句や疑義を差し挟む人間はいなかった。

兄の葬儀の場で、志延は十年ぶりに継母と対面したが、いまさら憎いとも思わない。

継母も放心状態なのか、ただ気丈なのか、涙は見せず、淡々と弔問客に応対していた。

そんな様子を、志延は、ただぼんやりと眺めている。

あまりにも現実感がなく、悪い夢を見ているかのようだった。

兄が生きるために、全てを耐えようと思って生きてきた。

何もかも捨てて構わないと思い、実際そうやってもきた。なのに――――。

葬儀場の門をくぐってくる人の列、焼香を済ませて帰っていく人の群れ…。

そんなものを、放心したようにただ眺めているうちに、ふと足が動いた。

つられるようにして、人の群れに交ざっていた。

ほんの数ヶ月前まで、こうして人波に乗り、仕事に行き、平凡な日常を過ごしていた。

毎日が同じことの繰り返しで、そうして朽ち果てていくのだろうと自嘲気味に、だが諦め気味に過ごしていたころを反芻《はんすう》するかのようだった。

気がつくと盛り場をうろついていた。

よく行っていた馴染みの界隈ではなかったが、どうでもよかった。

ふらりと入った飲み屋で、ママらしき年配の女が喪服姿の志延を見やると、素早く近づいてきて、塩を撒いて清めてくれる。

「精進落《しょうじん》としなら、付き合うわよ。ゆっくりしてってちょうだい」

誘われるようにしてカウンターに座り、出される酒を黙って飲んだ。

どれほど過ごしたかわからなかったが、目が覚めたら店のソファで横になっていた。

唖然としていると、化粧崩れの激しいママは、それでも笑いながら一枚の名刺を差し出してくる。

「シンちゃんが、仕事を世話してくれるって言ってたから電話しなさいよ。どうせ、パチンコ屋だと思うけど、住み込みの店を紹介してもらいなよね。アンタ、住むところもないんでしょう？」

どうやら、仕事も家もないと、酔った勢いでしゃべったようだった。

迷惑をかけたと恐縮して財布を出そうとした志延を、かなり生活に疲れている様子だが、面倒見のよさは捨てていないらしいママが押し留める。

「いいのよ。精進落としだって言ったじゃない。その代わり、お給料入ったらボトルを入れてよ」

モーニングはやってないのよ、と言うママの言葉に追い出され、志延は明るくなった街中へ出た。

振り仰ぎ、空を見る。

随分と久しぶりに見たような気がした。

思考することをとっくに放棄していた志延の脳は、ママに言われたとおり、名刺の番号に電話をする。

シンちゃんは、パチンコ台の納入業者で、ママの言葉通り、世話されたのはパチンコ屋だった。

時給は安いが、店の上の空き部屋で寝起きしていいと言われたのはありがたく、その場で世話になることを決める。

よろしくお願いします、と頭を下げたとき、名前も税理士の資格もしがらみも捨ててしまった。

仕事は覚えると簡単で、単調だった。

たまに小さなトラブルに見舞われることもあるが、繁華街から少し外れている店に来る客には酔っぱらいはいなかったから、比較的楽だったのもある。

小さな流しとパイプベッドとパイプ椅子しかない六畳ほどの部屋で起きると、コンビニで買ってきたおにぎりかサンドウィッチで食事をとり、着替えて店に下り掃除をするのが日課になった。

小奇麗な顔立ちでまじめに働く志延は、すぐに店長に重宝がられるようになった。

この一ヶ月ばかりの間に二度ほど、ママとシンちゃんが様子を見に来ている。

客として打ちにきた態《てい》を装っていたが、志延がうまくやっているかどうか気になったのが手に取るようにわかった。

場末の繁華街には、事情持ちが多いから、二人とも志延に問いただそうとする気配は微塵もなかったが、気にかけてもらっているのはわかり、素直にありがたいと思える。

「原田《はらだ》、休憩入っていいぞ」

昼食から戻ってきた店長と入れ替わりに、奥にある従業員用のロッカーに引っ込んだ。

酔っていたとはいえ、母親の旧姓がよく口から出たものだと自分でも感心する。

名前も志延と言ったようなのだが、ママが志郎《しろう》と聞き間違えたお陰で、そのまま通すことにした。

コンビニで弁当とペットボトルのお茶を買い、ロッカーの隅で流し込むように食べる。

郡上家の料理人の手による幕《まく》の内《うち》弁当とは雲泥の差ながら、さして気にはならなかった。

食事をしたり、体を休めたりするのは、動けるようにしておくため、ただそれだけのことなのだと志延は思っている。

車にガソリンを入れるのと大差ない。

それで不満も不足もなかった。

ただ、深夜、仕事が終わって、店の上の倉庫のような部屋で一人きりになると、途端に言い知れない寂寞《せきばく》感が襲ってくる。

同時に、腹の裏の奥の方から、疼くような熱っぽさも湧《わ》いてくるのだ。

(ろくでもない…)

そう思って、やり過ごしてきた。

肉体が、郡上の濃密な愛撫に慣らされたせいで、飢えて渇いていた。

細胞の一つ一つが、郡上の指を、唇を、腕の熱さを、忘れまいと足掻《あが》いている。

欲望に苛《さいな》まれながらも、どうしてか夜の街で男を漁《あさ》ろうという気は起きなかった。自分の手で慰めることすらしなかったのである。

郡上の元から結果的に逃亡したことにはなったが、後悔はしていない。

だが、餓《かつ》えているという自覚があるだけだった。

そうして、やり過ごしながら眠る夜に、いつかは慣れるだろうと、故なく思っては無理やり眠りにつくのが常になっていた。

遅番の翌日の勤務はいつにもまして倦怠感《けんたい》がつきまとう。早番の八時出勤なら尚更だ。

店の上で寝起きしている志延だが、他の従業員の手前、店の裏にある通用口から出勤するようにしていた。いつもどおりにロッカー室に入る。

白いシャツと紺のパンツの安っぽい制服に着替えて私服をしまうと、志延は大きく伸びをした。

隣のロッカーを使っているのは、高校を中退したというヤンキーまがいの同僚だったが、気はいい若者で、客としての経験すらなかった志延にパチンコのイロハを教えてくれている。

「ここ、オーナー替わるって聞いてっか？」

「いや…」

初耳だと言うと、訳知り顔ににやにやっとする。

「前の経営者、借金でもあったんかなぁ。給料心配じゃね？」

「今月はちゃんと出てただろ」

「来月も出るとは限んないじゃん。俺、給料出なかったらマジ辞めるぜぇ。ただでさえ安いのに、タダ働きなんかやってらんないっつうの！」

ニキビ面のヤンキーに文句を言われても確かに仕方がないほど、雀《すずめ》の涙のような時給なのだが、支給されないとなれば、志延とて死活問題ではあった。

寝泊まりしている部屋を出ていかなければならなくなるかもしれない。

経営者が替わることで会社の方針も変わってしまうことはよくあることで、志延とてそれは嫌というほど承知している。

それでも、不思議と焦りはなく、苦笑しつつフロアに出ると、すでに噂は店中に蔓延《まんえん》していたらしく、従業員は全員が硬い表情で朝礼に臨んでいた。

遅れて現れた店長の背後にスーツ姿の男性がいるのを見ると、従業員の間から異様などよめきが沸き起こる。

「皆さんもすでに聞いているようですが、我がパチンコチェーンガレッジは、本日をもってユニオングループの傘下に入ることが決定しました。トップは替わりますが、アルバイトを含め社員の皆さん達の待遇に変更はありませんので、今後も、安心して仕事に励んでください」

「すっげぇじゃん、ユニオンだってよぉ。マネージャーの後ろにいるのが、そのユニオンの人だよなぁ。すっげ、もろエリートって感じじゃ〜ん」

有名企業の名前を聞いて、ヤンキーのニキビ面がにやけている。

が、志延の耳には届いていなかった。

同僚やマネージャーの言葉だけでなく、全ての音が遠ざかっていく。

志延は、マネージャーの背後にいる男の顔に見覚えがあった。

(静沢……！)

ほんの一ヶ月前まで志延の人生を翻弄《ほんろう》し続けていた絶対的支配者の秘書である。

居所がバレたというのに、焦る気持ちはなかった。

一月《ひとつき》という時間があっという間だったと思う反面、もっと早くに連れ戻されるのではないかという予想もあったから、意外にもったなと長くにも感じられる。

実際、志延の中には、逃げたという意識は薄い。

ただ、終わったな、とは思った。

今この瞬間ですらも、束の間の夢幻のようで、足下から崩れる砂丘の上に立っているような気すらする。

マネージャーの話の途中だったが、構わず志延はロッカーへ戻った。

着てきた服に着替え、わずかな私物をまとめてゴミ箱に放り込んで、通用口から外へ出る。

店の裏の駐車場には、悪目立ちするほどの存在感を誇るリンカーンが止まっていた。

いつの間に出てきていたのか、静沢が車の横に立っている。

近づくと、無言のまま後部座席のドアを開けた。

総革張りのシートに志延の手綱を放さぬ男が座っている。

静沢に促されて郡上の横に座ると、それを合図に車は滑るように動き出す。

「気は済んだか?」

硬質で温度を感じさせない声に問われ、志延は腹の底が冷えるような気分を味わう。

この男には、最初から敵《かな》わなかった。

初めて顔を合わせたあのときから、常に白旗を上げ続けてきた気がする。

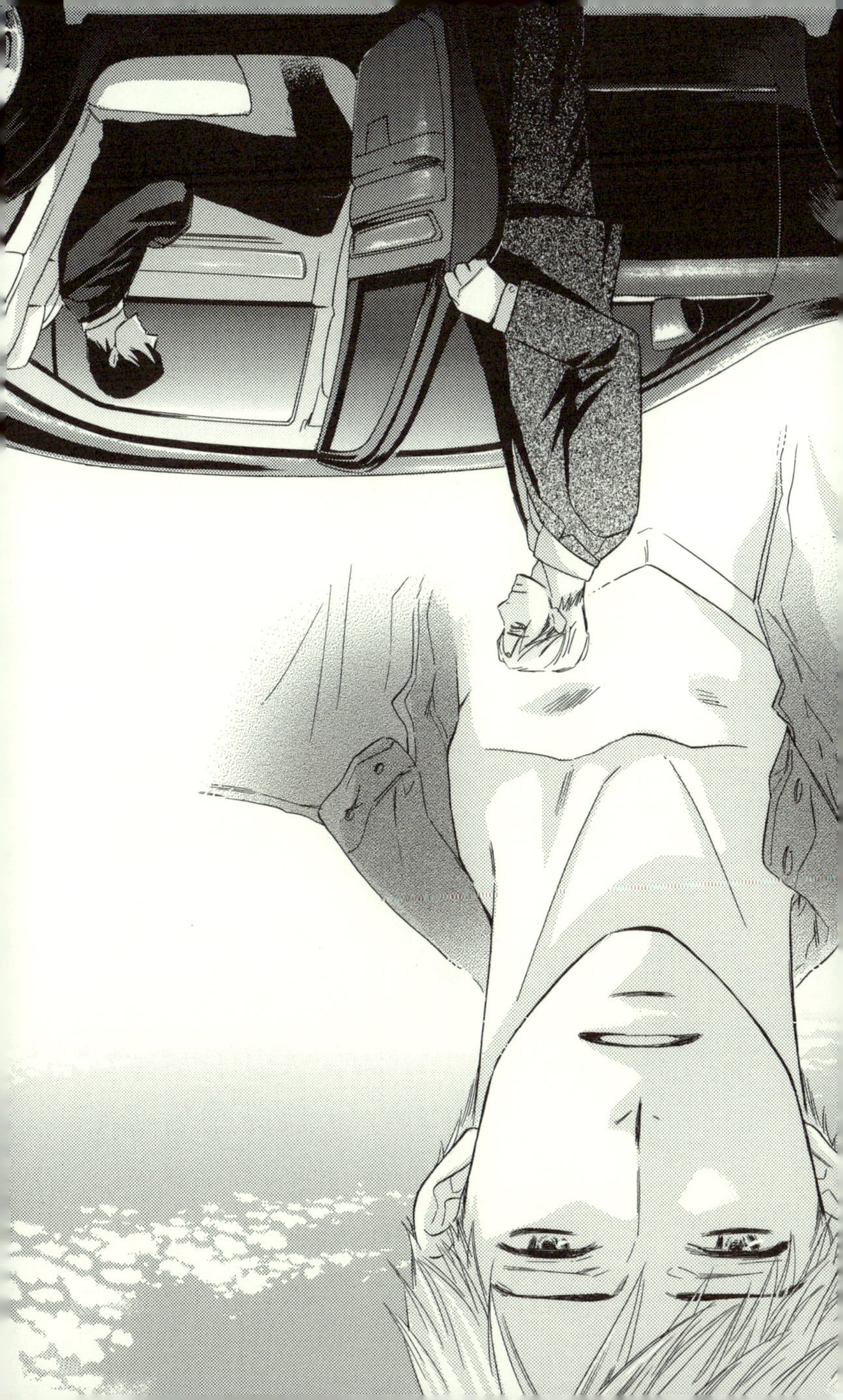

志延は、諦めにも近い思いを抱えたまま、どうにもならない感情を押し隠していた。


屋敷に連れ戻された志延は、郡上によって有無を言わさず寝室に連れ込まれた。

まだ日は高く、常ならば仕事をしている時間のはずなのだが、郡上が意に介す様子はない。

使用人達も目礼をしてくるだけで、言葉をかけてくる者はいなかった。

いつもなら、郡上のやりように多少の口を挟む壱岐すら、押し黙って連行されていく志延を見送るのみである。

そのただならぬ様子に、志延は、徐々に肝が冷えていくような感覚を味わった。

己の所業の重大さを、ようやく自覚し始める。

突き飛ばされるようにベッドに転がされてからは、足先からじんわりと湧いてきた恐怖のせいか、抵抗することすら忘れていた。

「あぁ――――っ、あっ、あっ、あぁぁっ」

引きちぎられる勢いで、着ていたものを剝ぎとられ、強引にとらされた獣の姿勢で背後から一気に貫かれる。

後孔にはオイルがたっぷりと注ぎ込まれてはいたが、以前のように丹念に愛撫されることもなく、性急に突き入れられる。

「ひ……ぃっ！」

そのきつい感覚に、志延はのけぞり、喉笛を鳴らす。

いつにない激しさに、郡上の怒りがまざまざと投影されていた。

快楽を得るためではなく、ただ罰するために繋げられる肉体が悲鳴を上げている。

それなのに、この一ヶ月というもの飢えに飢えていた柔肉は、貪婪《どんらん》に穿《うが》たれる楔を食い締め始めていた。

久方ぶりに与えられた獲物に食らいつくようにして、蠢いている。

過敏なほどに摩擦に弱くなった粘膜が伝えてくる感覚を、志延は泣きたい思いで享受していた。

これでは本当に性奴隷だと思う。

責められても求めようとする肉体は、淫乱な肉塊に過ぎない。

主の寵愛《ちょうあい》にすがりつく哀れな飼い犬よりも無様だと、情けなさに嗚咽《おえつ》が漏れた。

その泣き声に煽られるかのようにして、郡上の責めが激しさを増していく。

刺激されると我慢がきかなくなる弱い肉壁を、抉られるようにして突き込まれた。

「ひ…ぁぁ――――っ、ぁぁぁ…っ！」

一度も触れられないまま、志延は吐精していた。

熟れた果肉のように爆《は》ぜ割れた先端から、白濁した蜜液が滴《したた》り落ちていく。

ぶるぶると震えながら達した志延は、郡上の手で摑まれ崩れることを許されない腰を高く掲げたまま、背後から犯され続けていた。

猛ったものを食《は》まされている肉が熱い。

「あっ…、はぁ……んっ」

萎《な》えることを許さないかのように、猛った楔は、執拗に粘膜を擦り続けていた。

そのせいで、放出したというのに、志延のものは易々《やすやす》と勢いを取り戻し、すでに痛いほどに張りつめている。

やまない律動に、志延は頭の奥の方がジンと痺《しび》れてくるような気がしていた。

これは制裁だった。

志延が小鳥か何かであったなら、二度と籠《かご》から出られないように羽を折るくらいはされていただろう。

　一言も咎められず、嫌味らしいことを言われもしなかったが、そのせいで、底冷えするような郡上の怒りが身にしみてくる。

　郡上の指が、ぷっくりとしている乳首を捻り上げた。

　痛痒いような疼きを感じ、志延は喉を反らして呻いてしまう。

　執拗に乳首を抓られているうちに、そこが熱く熱を持ってくる。

　乳輪に爪の先を立てられたのを契機に、志延はまたシーツを汚していた。

　そうして、腰の奥に埋め込まれているものをきつく締め上げる。

　硬くしなっている肉の楔を粘膜が俊敏に感じ取り、快楽をより深くしてしまった。

「もぅ…」

　終わりにしてほしいと、泣きが入る。

　尻の奥を掻き回されて得る快感は深すぎて、恐ろしい。

「もぉ……っ、許してっ、許して――え…っ」

　だが、郡上は、涙ながらの志延の哀願を一蹴《いっしゅう》した。

　聞こえなかったかのように耳も貸さない。

　執拗に淫乱な窄まりを責め立てている。

「あ――……ぁ……」

止める手立てのない声は、耳を塞ぎたくなるほどにいやらしく響いたが、さすがに掠れ気味になっていた。

喘ぐよりも、すすり泣いている間の方が多くなると、郡上の手で姿勢を変えられる。

ベッドの上で横に寝そべるような恰好のまま、片足を肩に担ぎ上げられた。

結合している肉の狭間と、またしても勃起《ぼっき》してしまったものとが郡上の目に晒されるが、志延には、もうそんなことを気にしている余裕はない。

打ちつけられる腰が、より深くなる。

最も奥を犯され、苦しさに呻いた。

無意識に逃れようとして、伸びあがり、頭の下にあった枕を握りしめる。

「あっ、あっ、あ……――っ」

熱い液体が体の奥を満たしていく感触は、信じがたいほどの快楽をもたらした。

体が小刻みに震え、叫ぼうにも声は出ず、ただ口を開いて、硬直したようにのけぞる。

粘膜の隙間で郡上の剛直が大きく震えているのを感じたとき、志延は意識を失ってしまった。

が、それも束の間。

失神した程度では許してくれない男は、貪婪な窄まりを犯し続ける。

ぬちゃぬちゃという、湿ったような卑猥な音に耳を叩かれるようにして目を開けると、両足を大きく開かされて圧しかかられているところだった。

両の膝は肩につくほど折り曲げられていて、志延の目からも、自身が郡上の逞しいものを咥え込んでいる様が丸見えになっている。

「ひぁ…っ、い…やぁ……ぁっ」

抜き差しされるたびに、後孔から溢れ出したものが、双丘の狭間を伝い落ち、背中を逆に滴っていく。

生暖かい感触のするその液体には、大量に注ぎ込まれていたオイルだけでなく、郡上の放ったものも混じっている。

「……――っ!」

もう声もなかった。

堕ちることも許されないほどに責め立てられ、過ぎた快感に苦しめられるだけだった。

辛いのに、苦しいのに、志延のものは再度膨れ上がり、弾けようとして切ないような震えを始めている。

「許して…ぇ」

震える声は、喘ぐか許しを乞うかしかできなくなっている。

「もぅ…逃げたりしない…っ、裏切ったりしないっ、だからっ、あっ、あぁ――――…っ！」

郡上が抉るように腰を回してきて、楔の先端で粘膜を引っ掻いてきた。

と、強い快楽のせいで霞《かす》む視界の中で、志延は己が放出する様子を眺める羽目になる。

断続的に噴き上げられた精液は、もはやとろみは薄く、下腹部をへその方へと流れ落ちていった。

これで終わりじゃない…。

朦朧とした脳の片隅でも、苦い自覚はある。

徹底的に服従しても、郡上は志延を許さないだろう。

死ぬ、死ぬ、と泣きじゃくりながら、志延は郡上のものを食い締めて、腰を打ち振っていた。


折檻を思わせるような交わりの後、志延は、当然ながら丸一日床から離れることができなかった。

郡上が出かけた後で壱岐が部屋に入ってきて、眉一つ動かさずに残滓《ざんし》で汚れた肢体を拭《ぬぐ》ってくれる。

他人に情事の跡が色濃く残る裸身を見せて羞恥心を掻き立てられ、うろたえるほどの気力すらも残っていなかった。

実際、一人で起き上がることすらままならない状態では、されるままになっているより仕方がなかったこともある。

ただ、他の使用人ではなく、執事である壱岐が自分の手で世話をしてくれたのがありがたかった。

これで、妙齢のメイドなどを寄《よ》こされていたら、あとで居たたまれない思いをしたに違いないからである。

さすがにその晩は、郡上も志延を放《ほう》っておいてくれたお陰で、翌朝にはまともに動けるようになっていた。

そうなると、静沢に促されるようにして、自分では辞めたつもりだった郡上コンサルに出勤せざるを得なくなる。

何事もなかったかのように、以前と同じく郡上の私的な収支を整理する仕事をあてがわれた。

どう聞かされていたのかは知らないが、顕木も何ら態度を変えることなく、自然に接してくる。

一ヶ月も不在にしたというのに、週明けに出勤してきた程度の変化もないことこそ不自然なのだが、それを問いただすだけの厚顔さはさすがに持ち合わせていなかった。

どう説明されていたのか想像するのもむなしかったし、そもそも説明などされていないかもしれない。

郡上が命じ、静沢が指示すれば、豆腐も黒くて硬いと言いかねない人間達しか、ここにはいないのだ。

唯一変わったのは、志延自身のスケジュールの管理である。

みっちりと隙がないほどに予定が組まれていて、私的な外出はおろか、電話やメールをすることさえ憚られた。

そして、――常に誰かが傍にいる。

決して一人にはしてもらえなくなった。

いつの間に改装したのか、化粧室と洗面室までがオフィスに増設されていて、志延は己の浅慮を悔いる。

もう二度と逃さない。自由にはさせない。

言葉ではなく、その力の全てで、郡上が宣言していた。

今の志延の身分は、三岳興産の役員兼郡上コンサルの財務スタッフの一人、という扱いになっている。

表向きには、郡上の直接的な指揮下にある側近的スタッフの中の財務担当者だとみなされているだろう。

実際は、人質か奴隷のようなものなのに、と志延は自嘲したくなる。

出張先にも志延を伴うようになった郡上は、当然のように、あらゆる会合にも連れ出した。といっても、会場で自由に振る舞えるわけではない。

基本的に郡上の傍から離れることは許されないし、挨拶などで郡上自身がやむなく場を外すことがあったとしても、残された志延には顕木をはじめとする秘書の誰かが必ず付き添っていた。

見えない籠の中で飼われているようだとすら思うことがある。

そんな状況の中、いつものように郡上に伴われた代議士の献金パーティで、志延は大学時代の同窓生に偶然にも出くわした。

「三岳…？」

親しげに声をかけてきた田部井《たべい》は、だが志延の傍らにいる静沢と、何よりも郡上の姿を認めて、一瞬立ちすくむ様子を見せる。

余人には気づかれない程度に眉をひそめた静沢が、田部井に近づき、視線だけで何用かと問いただした。

静沢は、言葉にしなくとも、気配だけで己の意を相手に悟らせることができるのだ。

慌てた様子で名刺を取り出した田部井が、二、三歩近寄ってくる。

「週刊近代《しゅうかんきんだい》の田部井といいます。三岳とは、大学の同期で…」

手を出そうともしない郡上に代わり、静沢が名刺を受け取るが、持っているはずの自分の名刺を返そうとする様子はない。

だが、田部井は全く気にすることなく、志延へ視線を向けてくる。

「税理士になったと聞いていたのに、どうしたんだ？　転職したのか？」

持ち前の好奇心が頭をもたげてきたらしい田部井は、存在を無視された主従には関心を向けず、志延へ近況を問うてくる。

「まぁ…、そんなところかな――」

曖昧に言葉を濁した志延は、背中に郡上のきつい視線を感じていた。

(余計なことはしゃべらない。それでいいんだろう？)

開き直って言ってやりたかったが、寝室での仕置きが恐ろしい。

あの夜以来、郡上は再び毎日のように志延を求めてくるが、交わりは激しく、翌朝に起き上がれないこともしばしばあるほどだ。

組み伏せられ、いいように泣かされる屈辱感などとうに消えていたものの、肉体の辛さは如《い》何《かん》ともしがたい。

このまま情人のように飼い殺しにされるだけの生き方は我慢できなかったから、仕事だけはきちんとこなそうと決めていた。

たとえ領収証の整理程度でも、仕事をしているだけで、大分すり減ってしまったとはいえ、最低限のプライドを保つことができたのである。

そのためにも、無用に疲労の原因を作り、体調不良で欠勤する事態は極力避けたい。

「そういや、三岳はいろいろ大変だったな」

父、兄の死と会社のことを言われ、志延はそれも曖昧な笑みで受け流した。

「今はなんとか落ち着いているから」

「そうか」

郡上の前では大した話もできないとわかりきっているだろう田部井も、それ以上突っ込んだことは聞いてはこない。

志延の態度が素っ気ないのと、背後から胡乱《うろん》な視線を投げ続けている静沢の気配に厚顔な男も流石《さすが》に負けたらしい。それじゃあ、と言って、その場を離れていった。

「親しくされていたのですか？」

田部井の姿が視界から消えると、他人には聞こえない程度の声で静沢が問うてくる。

「ゼミが一緒でした。卒業してからは、顔を合わせていません」

そう言うと、静沢はかすかに頷いた。

どういう説明を受けようと、静沢が独自に田部井のことを調べるだろうと、すでに知っている志延は、必要最低限の説明しかしない。

(詳しく話したところで時間の無駄だし。まぁ、実際、話せるようなことは何もないしな…)

その場はそれで終わり、済んだことだと思っていたのだが、田部井の方はそうでもなかったらしい。

どこからどう聞いたのか、志延の携帯のメールアドレスに連絡を寄こしてきたのである。

『この間はどうも。久しぶりだし飲みに行かないか？』

携帯の機種は何度か変えていたが、番号やアドレスは変更したことがなかったから、大学時代の友人の誰かからうまく聞き出したのかもしれない。

(〝悪い。ちょっと忙しくて〟……、って感じでいいか)

押しの強い田部井とはあまり親しくした覚えはないし、ゼミなどの飲み会でも一緒に盛り上がった記憶はなかった。

端的にいえば、親しくしていたわけではないから、どう思われても構わないのだ。

実際、雑誌記者である田部井の存在は、今の志延にとってはあまりありがたくない。

郡上との関係を嗅《か》ぎつけられでもしたら、相当厄介なことになる。

もちろん、そうと知られてしまったときには静沢にでも言って、害にならないよう手配りをしてもらえばいいのだが、できればそんなことはしたくなかった。

己の迂闊《うかつ》さから、郡上に醜聞を進呈する羽目になるなど、冗談ではない。

これ以上、返せないような借財を増やしたくないというのが偽らざる本音だった。

はっきり飲みに行きたくない、と書いてやってもよかったのだが、逆恨みでもされてあらぬスキャンダルを捏造《ねつぞう》されでもしたら、と危惧《きぐ》したため、やめておく。

何度かそんな、誘われては断る、というやり取りをした後、唐突にメールのトーンが変わって、志延を驚かせた。

『話したいことがある』

返事を返さないでいたら、間をおかず、再度メールが送られてきた。

『三岳興産に関する話だ。どうしても聞いてもらいたい』

(会社について……?)

田部井が勤めている週刊近代は、芸能界の艶聞のみならず、政財界の暴露記事でも知られた存在だ。志延が知らない情報を、田部井が聞き知っている可能性はなきにしも非《あら》ずだった。

誘いに応じるのは、容易《たやす》い。

問題は、郡上の——ひいては静沢の目を誤魔化して、どうやって田部井と落ち合うかだ。

（まいったな…）

与えられた執務室で、忙しく数字を打ち込みながら、志延は思案に暮れる。

すぐ近くのデスクでは顕木が書類のチェックをしていたから、手を止めて考え込むことができない。

そんなことをしようものなら、顕木が飛んできて、何か問題でも？と心配顔をされるのがオチだ。

それに、単純な打ち込み作業ならいざ知らず、今、志延が整理しているものは少々ややこしい。

手元の資料が示しているのは郡上家の資産からあがってくるもので、郡上の全くプライベートな部分である。

国内外の不動産や、株、債券などの他に預金があるが、これが全てではないのだという。航空機や船舶にいたっては、郡上が個人的に使用しているものとレンタル用に第三者に貸し出しているものがあり、把握するのに骨が折れた。

個人資産の管理に専門家の手が入用な訳を、ここ最近でようやく理解しつつある。

前任者によってそれなりに整理はされていたようだが、志延に任されるようになってから随分と動かしたらしく、資金の流れを追うのに手間がかかっていた。

(信頼されているのか、資金運用に躍起になっているのか…)

郡上の真意は知らないが、余剰の資金を捻出《ねんしゅつ》することに精を出しているのであれば、少なからぬ責任を感じないわけではない。

三岳興産との事業は、郡上財閥にとって当面は得るものが少ない。収益が目に見えてくるのは随分と先の話だろう。だが、目先の資金は莫大なものなのである。

(三岳興産か…)

田部井のいう話が何なのか、聞いてみなければわかりはしない。

(どうしたもんかな…)

頭を悩ませていたところに、思わぬ好機が訪れた。

三岳興産が展開するホテルチェーンのうち都内にあるもっとも大規模なホテルの大規模改修工事が終了し、その新装オープニングパーティが開かれることになったのである。

幸いにも、当日、郡上は大阪《おおさか》での会議に出席する予定があり、都内に戻ってくるのはパーティが始まる時間ぎりぎりになるだろう。

創業者一族出身からの唯一の役員である志延は、朝から準備に追われるため、今回の出張には同行しないことになっていた。

『ホテル・エラシオン東京の新装オープニングパーティの日なら、少しだけ時間がとれるかもしれない』

そう田部井にメールをすると、すぐに返信があった。

『それなら、うちも取材に入る。デスクに言って担当にしてもらう。何時にどこで会える？』

この問いには、すぐに返信できない。

『当日は忙しい。抜け出せたら連絡する』

そう送信すると、田部井から胡乱な返事があった。

『見張られているのか？』

『そういうわけじゃない』

そう返すしかなかった。

会社の立て直しと引き換えに愛人契約を結んだ郡上から逃げ出したせいで、締めつけが厳しくなっているのだとは、口が裂けても知られるわけにはいかない。

『創業者の身内で三岳の役員になっているのは今は自分だけだから仕事が山積している。勝手なことができないというだけの話だ』

『忙しいのはわかっているが、どうしても聞かせておきたい話だ。時間があいたらすぐに連絡してほしい』

『わかった』

送信すると、志延はじっとりと湿った掌を拭う。

郡上邸のバスルームで、ほっと息をついた。

たったこれだけのやり取りをするだけで、冷や冷やものである。

志延が一人でいられる時間は限られており、不自然ではないよう、隙を見てメールでやり取りしなければならないのだ。

いまの志延の携帯は、マナーモードどころか音が全く鳴らないよう設定してある。

郡上はもちろん、静沢も顕木も携帯を使って志延と連絡を取ることはない。

仕事上の郡上からの指示は静沢を通して連絡が入るし、静沢は直接志延に伝えてくるのが常で、それができない場合には、顕木が代わって伝言してきた。

携帯を使わなければならない状況にいないのだ。

郡上や静沢は、志延が携帯を持っていることを忘れているのではないか、とすら思ってしまうほどである。

ある意味では好都合ともいえるが、それだけ周囲に人がいるということでもあり、厄介だった。

いうなれば、四六時中見張られているようなものだ。そう易々と、田部井と落ち合えはしないだろう。

(とりあえず、臨機応変にやらないとな…)

『パーティは六時からだが、準備があるので午前中からホテルに入る。早めに来られるか?』

そうメールすると、ほどなく返事が返ってくる。

『記者用の内覧が二時からある。記者会見も含めて二時間くらいかかるようだが、こちらは簡単に抜け出せる。一時ごろにはホテルに着くようにしておく』

『了解。場所はまた後で連絡する』

メールを返しながら、志延は溜息をついていた。

(これじゃ、まるでスパイごっこだ…)

田部井の言う『三岳興産についての話』がどれほどの価値があるものかは見当もつかなかったが、情報の授受という点では、確かにスパイ活動みたいなものかもしれない。

こっそり田部井と会っていたことがばれたら、あらぬ誤解を受けることは必定で、さらに郡上の怒りに油を注ぐことは目に見えている。

かなり危ない橋を渡ることになるのだが、志延は不思議と恐れは感じなかった。郡上に支配される日々に、くさくさしていたのかもしれない。

会社の大事というよりも、郡上の目をかいくぐり、裏をかくような真似をして、湧き上がりそうになる反抗心を抑えたいのだ。

だから、たとえ、田部井の話が実のないものでも構わないとすら思う。

兄が死んだときのように、偶然の流れに任せるのではなく、はっきりとした自分の意志で、少しだけ郡上を裏切りたい。

そうでないと、真綿で首を絞められるようにして、いずれ窒息してしまう。

そんな思いを押し隠しながら、志延は、じりじりしながらオープニングパーティの日を待った。

「何をイラついている」

「――――え…？」

深く挿入され、ゆるゆると揺すられている最中、ふと問われて、志延は驚いて頭上にある顔を見つめてしまった。

動くのをやめた郡上は、常なら凜々《りり》しい柳眉《りゅうび》をかすかに歪《ゆが》めている。

短い詰問よりも、その視線の方がもの問いたげで、よほど雄弁だった。

「ちょっと…、エラシオンのパーティのことが気にかかって」

ギクリとしつつも、そう言うと、郡上は、珍しくも少しだけ口の端を緩めた。

「さすがに丸投げしようという気にはなれないか」

実質上、当日の細かいことを仕切っているのは静沢や顕木をはじめとする郡上コンサルの秘書室なので、任せておけば心配ないと仄《ほの》めかされる。

「――――父が最後に手掛けていた案件なので…」

志延が言うと、郡上はわずかに目を細めた。

殊勝な心がけだとでも思っているのかもしれない。

収益が悪化の一途をたどっていたホテルエラシオンは、亡き父の指示で大改装されたのは事実だったし、実際、大がかりなプロジェクトとしては最後のものになっていた。

とはいえ、志延の本音では、さほど思い入れがあるわけではない。

郡上グループに吸収されたお陰で、工事途中だった改装が無事に終わり、新規オープンにこぎつけたことに安堵している程度で、それ以上ではないのだ。

(嘘くさかったかな…)

咄嗟《とっさ》に口から出た言い訳の理由づけにしては、まぁまぁだとは思うのだが、郡上が誤魔化されてくれるかどうかは怪しいものだ。

この男といると、全てを見透かされているような気持ちになってしまうから、嘘もつきにくいことこの上ない。

「あまり無理をするな」

「え…、———あ…あぁっ！」

労《いたわ》りの言葉に驚く間もなく、郡上が腰を揺すり始める。

指では決して届かない深みを、切っ先でぐりぐりと強く押されて、背筋を快感が電流のように走っていく。

顔を寄せられ、キスされるのかと思いきや、すっとそらされ、郡上の唇は志延の耳朶《じだ》をやんわりと食んだ。

きりりと歯を立てられて、甘い疼きが下肢を直撃する。

そこまでされて、不意に律動がやんだ。

硬く熱い肉塊を埋め込まれた襞の奥は、刺激を欲しがってはしたないほどに大きくひくついたが、郡上は腰を止めたまま動こうとしない。

たまらない焦れったさに、太い楔を誘い込もうと無意識のうちに腰が動いてしまう。

もう動いてほしい、と懇願しかけた刹那、耳朶から郡上の歯が外れ、舌先でじんわりとしている柔肉を軽く舐められる。

それから、と低い囁きが耳の奥に落ち、惑乱の手前まで追い込まれている脳を呼び覚ました。

「私といるときに他のことを考えるな。たとえ仕事のことでも、だ…」

いいな、と念を押され、何度も頷く。

「約束しろ」

「する…っ、約束するから…ぁっ、あっ、あっ、あぁ…ぁっ！」

諾の意を告げると、褒美を与えるかのごとく肉襞が掻き回され始める。

刺激に弱くて、硬いもので擦り上げられるのが好きな場所を集中して突かれると、あっという間にダメになった。

郡上が送り込んでくる律動に、何もかもが持っていかれてしまう。

一突きごとに快楽が強くなっていくのは、安堵感のせいかもしれない。深く追及されなかったことにホッとした途端、体は都合よくスイッチを切り替えて、素直に叫び始めているのだ。

「あぁ…んっ、あぁ…っ！」

止めることができない嬌声《きょうせい》を上げ続けながら、志延は快楽に押し流されていった。

「開場までには戻る」

朝一のブリーフィングを終えた後、郡上はチラリと時計を見て言った。

「今日は天候もよいようですし、飛行には問題ないでしょう。羽田《はねだ》からなら、ホテルまで三十分ほどですから、十分間に合います」

静沢が、手にしていたファイルの中のフライト計画に目を通しながら、太鼓判を押す。

郡上の移動手段は、車以外なら、大抵がヘリかジェット機である。

国内用は小型のリアジェットが空港で待機していて、いつでも飛べるようになっていた。

自社ビルの屋上にあるポートでは、ヘリも常にスタンバイしている。

ジェット族など、メディアが作り上げたタレントまがいのセレブのことだと思い込んでいた志延は、こうした郡上の行動を目の当たりにして、己の浅慮を嗤う羽目になっていた。

多忙であることを考えれば、少しでも早く目的地に着くことが優先されるのだし、郡上にはそれを解決できるだけの経済力が有り余るほどにある。

「飛行中は携帯は繋がりませんが、機内の電話には繋がります。番号は顕木が知っておりますので、緊急の場合にはお申しつけください」

こともなげな静沢のこのヤリフにも、だいぶ慣れてきた。

もっとも、ここ最近の出張には同行させられていたので、面と向かって言われたのは久しぶりのことである。

「やはりジェットの方がいいですね」

志延の近くに控えていた顕木が言って、にっこりとした。

「ヘリだと携帯も繋がりはしますが、ローター音のせいで実際は使えませんし」

確かに、と静沢も頷いている。

「不備はないのだろう？」

秘書二人の会話を割るように郡上が言った。

「ええ、手抜かりがないようにしております」

顕木が答えると、軽い頷きが返ってくる。

「それならば何も案ずることはないだろう」

「それはそうですが…」

言葉を濁した顕木の語尾には、万が一の事態が起こらないとも限らない、が隠れている。

「何かあれば、志延の指示に従え」

「———は…」

一瞬、顕木は複雑な表情をしたものの、すぐに目礼して了承の意を表した。

「そ…れは……」

驚いたのは志延である。

郡上不在の場を任す、などと言われたのは初めてのことだったし、予想もしていないことだったのだ。

静沢だけが、読めない表情を崩さない。

戸惑う志延を、郡上の強い双眸が捕らえていた。

「前会長の名に恥じぬよう努めることだ」

そう言い置いて、郡上は静沢を伴い、部屋を出ていく。

深々と一礼する顕木の横で、志延は呆然《ぼうぜん》としていた。

(まさか、この間の話のせいで……?)

今日のパーティに特別の思い入れがあると思い、花を持たせようという郡上の計らいに、志延は後ろめたい思いを味わうことになった。

「志延様、スピーチの草稿ですが…」

そうとは知らない顕木は、積極的に仕事を始めている。

秘書室長の肩書を持つ静沢が戻るまで、現場を仕切るのは顕木の役目になっていた。

三岳興産の役員になったとはいえ、この仕事に関わっていたわけではなかったから、新しいホテルのオープニングパーティで、志延がやるべきことなど、実際はないに等しい。

それでも、それなりに慌ただしくはあった。

役目らしいことといえば、創業一族出身の唯一の役員として、会場となる大宴会場の壇上に上がり、挨拶することくらいなのに、これがなかなか厄介なのだ。

もともと人前に出るのは好きではない。はっきり言って苦手である。

挨拶の原稿は静沢のチェックを受けながら顕木が用意してくれていたが、原稿を手に読み上げるなどというみっともない真似はしてくれるなと郡上から言い渡されていたために、短くはないそれを全て覚えなければならなかった。

それに、田部井との約束がある。

いくらなんでもトイレくらいは行けるだろうと踏んで、宴会場があるフロアの化粧室で待っているようにと、顕木の目を盗んでメールはしておいた。

うまいタイミングで抜け出せるかどうか、不安と緊張感は嫌でも高まっている。

「ちょっと、――化粧室に行ってきます」

司会者と手順の最後の確認を打ち合わせている顕木に言って、開始まで二時間を切ったせいで慌ただしさを増している会場を抜け出そうとしたものの、そうは問屋が卸さない。

顕木が素早く目配せをして、近くにいた別の秘書を呼び寄せた。

「ご案内を」

「場所くらいわかります」

そう言って、一応抵抗はしてみたが、顕木の耳は志延の言を故意に拾おうとしていないようだ。

「お供します」

顕木が指示を撤回しないため、志延がどう足掻こうとついてくるだろう。

これは、もう諦めるしかない。

志延は表情を変えないように取り繕ったものの、臍《ほぞ》を嚙む思いで廊下に出た。

「こちらでございます」

秘書は男性用化粧室の前に立つと、素早く扉を開けて中を確認している。

その振る舞いはどう見ても身にしみついたもので、付け焼刃ではなかったから、彼も静沢や顕木と同じく、単なる秘書ではないのが明白だった。

(こいつも護衛――っていうより監視員か…)

おしまいか、と思う。

わずかな時間でも田部井から何らかの情報を得られたらと思ったのに、と歯ぎしりしたくなる。

が、さっと化粧室内部を見まわした秘書は、人気《ひとけ》がないのを見ると、どうぞと志延を促しただけで、自らは入ってこずに廊下で待機の姿勢をとった。

ホッとした顔を押し隠した志延は、用を足すふりをして便器の前に立つ。

と、奥の個室に身を潜めていたらしい田部井が足音を忍ばせて、隣に立った。

目配せをして、洗面台へと移動する。

「見張られているようだな」

田部井の言葉には嘲り《あざけ》も驚きもなく、淡々としていた。

話し声を消すために、志延は水道の蛇口を捻り、水を流しっぱなしにする。

「会社のことで、話って？」

時間がないと暗に促すと、田部井はスーツのポケットからＵＳＢメモリを出して志延に差し出してくる。

「詳細はそこに入れてある。ロックはかけてないからすぐに開けるよ。それを見たら、また連絡をくれ」

頷いて受け取ると、適当に手を濡らしてから、備えつけのペーパーでいい加減に水気を拭った。

時間的にも丁度の頃合いだし、水音のお陰で話し声も聞こえてはいないだろうから、何も気づかれてはいないはずだ。

志延がドアを開けるより前に、田部井は、素早く元いた個室に身を隠している。

廊下に出ると、ついてきていた秘書が携帯を切ったところだった。

「総帥がお見えになったそうです。お早くお戻りを」

「わかりました」

(間一髪か……)

ポケットを確かめたい衝動と戦いながら、志延は足早に会場へと戻っていった。

パーティから三日ほど経って、郡上邸の中に与えられた自室で、志延はようやく田部井から渡されたメモリの中を見る機会に恵まれた。

といっても、自由にできる時間は、せいぜいが一時間といったところだろう。

会食の予定が入っていた郡上は夕食に戻らず、一人で屋敷に戻った志延に残されたのは、夕食後、郡上の帰宅予定時刻までのわずかな間だけだったからだ。

この屋敷に来る際に、こればかりは持参してきたノートパソコンにメモリをセットし、データを見る。

「これは…」

いったい何だろうと不安と期待がない交ぜになった志延の意気は、メモリを開いた途端に急速に萎《しぼ》んだ。

内部にあったのは、データとは到底いえないような、田部井が書いたらしい記事の草稿のようなもので、予想していたような社外秘の文書でも財務データでもなかった。

それなのに、大袈裟な言い方をしやがって、と怒ってすぐに閉じてしまわなかったのは、記事の主題が父と兄の死に関するものだったからである。

『――同社会長と社長を乗せた車はカーブを曲がりきれずガードレールに接触、横転した後大破した。事故の原因は運転手（五十八歳男性。同事故により即死）によるスピードの出しすぎだと断じられているが、果たしてそうだろうか。件の運転手は三岳興産の会長使用車の担当になってから十年あまりが経過し、その間一度たりとて事故を起こしたこともなく、駐車違反程度の違反すらなかったという。ルートは本社から会長宅への通い慣れたもので、運転手は熟知していたと思われる。それが何故このような事故を起こしたのか…』

腑に落ちないことはそれだけではない、と田部井は続けていた。

『バブル後の不況を乗りきった中堅不動産会社が、マンション建築ラッシュに沸く戦後二番目といわれている好景気の中で、何故経営を悪化させたのか』

言われてみれば、確かにそうである。

「――今まで、考えてなかった…」

志延は思わず独り言を漏らしていた。

最初に、蒔内に財務書類を見せられたとき、何故ここまで資金繰りが悪化したのかと驚愕《きょうがく》した覚えはあったが、すぐに提携交渉の場に引き出され、それどころではなくなってしまい、結局、原因を突き詰めてはいなかったのである。

『表に出ている限りでは三岳興産は巨額の損失を出すような事業の失策をしていない。そもそも、大規模なプロジェクトなどほとんど進行していなかった。唯一巨額の資金を費やしたといえるのは傘下にあるホテル・エラシオンの大規模改装工事であるが、これは金融機関からの融資を受け、問題なく完成している。実際、前会長はやり手ではあったが堅実な経営をすることでも知られている人物で…』

そう、志延の父親は、ひどく慎重な性質で、散々部下に叩かせた石橋を最後の最後で渡るなと命じるような男であったのだ。

婿養子だったせいか、慎重で冒険的な仕事のやり方を嫌っていたのだと、兄から何度か愚痴を聞かされたことがあったくらいである。

『さらなる驚きは、前会長、社長が相次いで亡くなった後、郡上グループが支援を申し出たことである』

(支援交渉のときは、まだ兄さんは生きてた。だから、俺は…)

間違っているぞと、田部井に指摘してやろうと思ったとき、次の一文が目に飛び込んできた。

『郡上グループの支援に懐疑的であった前会長が亡くなった途端の買収劇。このタイミングのよさは、果たして単なる偶然なのか。郡上グループは白馬の騎士を演じてみたくなったとでもいうのだろうか』

疑念を植えつけられるには十分すぎる書き方だった。

「田部井のやつ、何が言いたいんだ…」

眉をひそめた志延は、携帯を取り出して、田部井に電話をする。メールでは埒《らち》が明かない、そう思ったからだ。

『読んでくれたみたいだな』

「なんなんだ、あれは。どういうことだよ」

電話をかけてくることを見透かしたような田部井の物言いに、志延は冷静さを欠いてしまいそうになる。

『まぁ、単なる状況証拠さ。ついさっきまでは、な…』

「さっきまで?」

いぶかしがる志延を、田部井は楽しんでいるようだった。

『こう言っちゃなんだけど、俺もこの仕事は長いし、身内に警察関係者もいなくはないからな、いろいろ手蔓《てづる》はあるんだよ』

自慢しているのか、焦らしたいのか、本題を言わない田部井に苛《いら》つきながらも、志延は辛抱強く待った。

『警察も、事故の状況に関しちゃいろいろ疑問を持っているらしい。まぁ、当たり前だよな。事故る状況じゃないんだから。運転手はいたって健康で、事故の当日も体調を崩してたわけじゃない。検死解剖の結果でも薬物は出てこなかった。まじめな堅物って人だったんだな。酒も煙草《たばこ》もギャンブルもやらない。前の晩もいつもと同じように十時には就寝、翌朝六時に起床。まるっきりいつもと同じだったわけだ。だから、事故ったのは運転手のせいじゃないって、警察は判断したらしい。で、今度は事故車の鑑定を進めてたってわけさ』

「事故車の鑑定――――?」

『ああ、大破した車の部品をナット一つ、ボルト一本に至るまで回収して組み立て直したらしい。気が遠くなるような作業だろうが、やるのは鑑識の連中で、やつらはプロだからな。さんざん苦労して、全部復元してみたら、ようやく事故の原因が判明したそうだ』

「それで、事故の原因って?」

『どうやらブレーキ系統がイカれてたっていうのが鑑識の見解だそうだ。減速できなかったせいでカーブを曲がりきれずに、そのままガードレールに激突した…』

「それが、なんで――」

車の故障なら仕方がないことだ。実際、兄は頭を強く打っていた。事故は凄まじいものだったはずだ。

『事故車は、前日に定期点検を受けたばっかりだったんだよ。あの運転手は本当にまじめでマメだったんだな。月に一度は点検に出して、自分でもこまめにメンテナンスしてたらしいぞ。それなのに、ブレーキの故障なんか見逃すか？　一番念を入れてチェックするだろうが。実際、俺が車のメンテしたっていう業者に聞いたら、ブレーキは正常だったたって言ってたぞ。警察にも点検報告書を提出して、メンテの担当をしたっていう技術者も警察にそう証言してる』

「それじゃ、なんで――」

『そう、そこだよ。なんでだ？　事故はなぜ起こった？　俺が導き出した結論は三つだ。一つ、業者が嘘をついている、二つ、走行中にいきなりブレーキがイカれた、三つめ、――誰かが故意にブレーキを壊した…』

「――!!」

思わず息をのんだ志延の気配が携帯越しに伝わったのだろう。田部井が、わずかの間だけ沈黙する。

『一つ目の業者の嘘っていうのは可能性が薄い。かなりしっかりしたとこだし三岳興産との付き合いも長い。点検の内容もいちいち写真にとって、毎回きちんとした報告書を作ってる。ブレーキ回りの写真もあって、警察の判定じゃ問題なしってことになってるんだ。報告書は三岳興産にも提出されていて、警察に出されたものと一致したらしいから、偽造されたわけでもない。つまり、二つ目の可能性もかなり薄い。ちゃんとメンテナンスしてたってことだからな。いきなりブレーキがイカれるわけがない。――とすると、残るは…』

「まさか、――だって、一体誰が…!」

狼狽する志延の耳に、田部井が意地悪く囁いた。

『おまえのオヤジさんと兄貴が死んで、得をするのは誰かってことさ。そこそこ健全にやってた会社がいきなり傾いて、大手に吸収合併された。三岳興産はビジネスホテル開発の先駆者的存在だったから、大手の子会社が、そのノウハウを欲しがっていたとしたら…?』

「な……!」

田部井の言わんとしていることを理解して、志延は絶句した。

「まさか、郡上グループを疑っているのか?!」

『グループっていうより、総帥個人だな。おまえも今は中にいるからわかるだろうけど、あのグループはまさに戦前の財閥そのままだ。郡上家が築いた帝国は今なお健在なんだ。王様の機嫌一つで役員の首が飛ぶ。違うか?』

「そこまで極端じゃない」

『だが、郡上融が全てを支配しているのは確かだ。役員に名前がなくても、傘下の企業の株式の大半を所有していたりするからな。三岳興産もそうやって、郡上に買われただろう?』

「それは…」

言いよどんだとき、車のエンジン音が聞こえてきた。

(帰ってきた…!)

「悪い、時間がない」

『疑うなら、帳簿を調べてみろよ。得意分野だろ?』

それだけ言うと、挨拶もなしに田部井の通話は切れた。

携帯を握りしめている手が汗ばんでいる。

「どういうことなんだよ…!」

疑惑と疑念が充満した頭のまま、志延はメモリを抜き、雑多な小物が入っている小箱の奥に突っ込んで隠した。

郡上を迎えなければならない。

ふと、窓を見る。

泣きそうな顔をした自分が、闇夜《やみよ》に黒く染まり、室内の明かりに反射されて映り込んでいた。その中にかすかな怯《おび》えを見て取って、志延は、ギクリとする。

ほんのささやかな反抗心のつもりだった。

郡上にとっては、飼い猫が引っ掻くどころか、掌で多少もがいた程度のことだろう、と。

鬱屈していた心の隙が生んだ悪戯《いたずら》心が、思わぬ事態を招いたことに戦《おのの》いている自分を自覚せざるを得なくなる。

田部井の言う「どうしても聞いてもらいたいこと」が、こんなにも大事だとは思ってもみなかったのだ。

予想外の成り行きは、正直にいえば怖い。

この先何が起こるか、どうなるのかまるで予測がつかず、一寸先は闇だと、笑って受け入れる覚悟も度胸もなかった。

それでももう、引き返すことができないとも、わかっている。

だからこそ誤魔化さなければならない。まだ、気取られてならないのだ。

真実を確かめるまでは。

「父の、――会長室を見てもいいでしょうか」

「もちろん、構わない」

恐る恐る発した言葉に、郡上はあっさりと頷く。

それは、帳簿を調べなければ、との一心で、三岳興産での役員会に出席していた志延を拍子抜けさせるほどだった。

代表取締役である郡上の目を盗んで帳簿を精査するのは至難の業だと思われたが、ふと思いついたのである。

気乗りがしないとの理由で、今まで出席しなかった志延だったが、急遽《きゅうきょ》、役員会に出ることにした。

志延の突然の希望に、最初こそ郡上は僅《わず》かながらも眉をひそめていたが、父や兄の遺志を継ぐことを考えたいと言うと、結局は黙って頷いただけだった。

役員会といっても、志延のやるべきことは全くない。

ただ、円卓の末席に座って、業務報告を聞くだけである。

郡上が決断し、指示を出していたのを、見学者よろしく眺めていただけだ。

予定されていた一時間ほどで終了した会議の後で、志延は、計画通り会長室を見たいと言ってみる。

却下されるかもしれないが、そのときはそのときだ。何度か役員会に通ううち、いずれは機会に恵まれることもあるだろう。これがその最初だと、思いきって頼んでみた。

膨れ上がる緊張感を必死で押し隠しながら口にしてみれば、郡上は思いのほかあっさりと承諾し、あまつさえ、志延一人にしてくれさえしたのである。

「現在、三岳興産に会長はいない。空いているから好きにするといい」

気が済んだら電話をしろ、迎えを寄こす、とまで言われて、かえって面食らう始末だった。

「まぁ、この部屋にいる限り、逃げようはないからな」

一人になると、思わず苦笑が漏れた。

会長室は最上階にあり、窓も嵌《は》め殺しになっている。ドアは二つあるが、一つは化粧室に、一つは秘書室へ繋がっており、秘書室を通らなければ廊下に出られない。

今、秘書室には、顕木が志延を待っている。

確かに逃走はできないが、目的は十分に果たすことができるだろう。

「確か、この引き出しの奥に――あった！」

記憶をたどりながら机の引き出しを抜き、奥にあったボタンを押すと壁に作りつけた書棚がかすかに動く。

(やった……！)

書棚の奥にはもう一つ棚があり、そこには小ぶりのジュラルミンケースが置かれていた。暗証番号を押して蓋《ふた》を開けると、中にあったディスクを取り出して、そっとポケットに滑り込ませる。

生地の上から形がわかってしまうかと心配したが、さすがに郡上家お抱えテーラーが仕立てたスーツは、型崩れする様子を微塵も見せなかった。

『父さんたら、おかしいんだよ。新社屋の会長室に隠し棚を作らせたんだ』

今は亡き兄は、久しぶりに会った志延にそう零したのである。

『映画に出てくるみたいに、引き出しの奥にあるボタンを押すと書棚が開くんだ。そこに金庫を入れて、重要書類を保管するって言い出してきかないんだ。やりすぎだって言ったんだけど、聞きやしないんだ。一人で満足して、悦に入っているよ。秘密基地を作った子供みたいだと思わないか。あの父さんがって思うと、本当に意外だろう？』

苦笑した兄は、金庫の暗証番号は、おまえの誕生日にしておいたよ、と言った。

『そこまでしたくせに自分じゃ金庫を開けるつもりはないらしい。僕に暗証番号をセットしろって言うんだ。開けたいときは呼ぶからって。自分で覚えればいいのに、面倒くさいんだろうな。ワンマンも大概にしてほしいものだよ』

愚痴る兄の表情は楽しげで、志延も父親の意外な一面を垣間見た気がしたものだ。

そんな互いの近況報告の会話が、こんなところで役に立とうとは、あのときの志延には思いもよらなかった。

兄の話によると、戸棚の中には、財務に関する主だった資料があり、四半期ごとに新しいものを追加するのだという。

その整理も兄にやるようにと父は命じたらしい。

兄以外の社員には、側近だった蒔内にすら、隠し棚のことは内密にしているのだと聞かされている。

父と兄が亡くなった今、書棚の秘密を知る者は、志延の他には、ビルの設計者と施工業者くらいだろう。

石橋を叩いても渡らない性格の父親は、設計者と施工業者に口外しないと約束させ、違反したときには莫大な違約金をとるとの誓約書を書かせたらしいから、秘密は今も漏れていないのではないか、と志延は考えていた。

「志延様、そろそろよろしいでしょうか？」

扉の向こうから、顕木が呼ぶ声がする。

わざとらしく見えない程度に打ち沈んだ表情を取り繕い、下向き加減で部屋を出た。

顕木は有能だし、静沢よりも人間味が感じられる分、だますような真似は気が引けたが、仕方がない。

（時間がかかってもいい。なるべく詳しく見てみないと…）

志延は己の本分を如何なく発揮して見せようと密《ひそ》かに決意していた。


「う……っ」

体の奥で、硬度を増した肉塊が蠢くのを感じて、志延は苦しげな声を出していた。

郡上の愛撫がひどく緩慢に感じられる。

発散できない熱は腹の奥に溜まり、マグマのような奔流になって、腹の内側から志延の身を焼きつくそうとしていた。

奥を抉られるように突かれたが、張り詰めたものは、志延の腹の上でかすかに震えただけで、射精する様子はない。

足を大きく開かされ、両膝が肩につくほどに折り曲げられるようなあられもない姿勢をとらされていたが、いつものように羞恥心に煽られ、快感が強くなることもなかった。

真上から眺め下ろしている郡上が、そんな様子に眉をひそめる。

志延自身も、自分の反応の弱さを感じ、少なからず焦ってはいた。

慣れたのだと思われたい。いや、本心からそう思ってほしいわけではないが、気にかかることがあって集中できないのだと知られるのは避けたかった。

夕食の最中にも、平静を装おうと郡上の視線を意識するあまり、かえって緊張してしまい、フォークを取り落としている。

郡上は何も言わなかったが、志延の様子がおかしいことくらい気がついているだろう。

咎め立てされないことが、余計に気になる。

いつもどおり寝室に呼ばれ、こうして体を繋げてはいるものの、これだけ責められているというのに、まだ一度も達していない志延の肢体は、全てを吐露してしまっているかのようだった。

郡上の手が、素直に反応しない志延のものを握りしめる。

ゆっくり何度か扱き上げるといきなり根元をきつく締め上げた。

「ひぃ……ぁ…っ！」

血管がせき止められる痛みに、志延は悲鳴を上げながら、腰を捻って郡上の手から逃れようとする。

だが、縛《いまし》めは解かれない。

きつく握りしめられたまま、太い楔の先端で、最奥の粘膜を強く押してきた。

圧迫感に呻いていると、繊細な動きをする指先で柔い宝珠を揉み込まれる。

「や…っ、あぁ……ぁあっ！」

手荒く揉みしだかれて、痛みと共に襲ってきた急激な快感に、生理的な涙が零れた。

薄い皮膚に包まれた脆弱《ぜいじゃく》な部分を執拗に弄ばれていると、セックスに集中していないことへの罰を受けているかのような気になる。

快楽よりも苦痛が勝ってきて、志延は本気ですすり泣き始めていた。

「も…ぉっ、許して……っ、そこっ、触らないで……ぇっ」

股間に手を伸ばし、そこから引き剝がそうと郡上の手の甲に爪を立てる。

硬くしこった宝珠を手の中で転がされるのは、握り潰されることはないとわかっていてもかすかな恐怖を覚えずにはいられない。

それが、支配されている感覚へとすり替わる。

肉体の全てを絡め取られているかのように感じてしまう。

「私といるときに、他のことを考えるな、と言ったはずだ」

郡上が冷たい光を宿した視線で、志延を見下ろして命じた。

「……ひ…ぃっ」

ごりっと手の中で強く揉まれて、涙が零れる。

掠れたような悲鳴を上げながら、どうしようもなく腰を跳ね上げてしまう。

「言って理解できないのなら、体でわからせてやるしかないようだな…」

「あぁ…っ、―――やめ…っ、離してっ」

横向きに体を返されると、片足を持ち上げられて、郡上の逞しい肩へと担ぎ上げられた。

宝珠を揉まれたまま、激しい勢いで抽挿《ちゅうそう》が始まる。

「ひ…あぁっ！」

「―――何を考えていた、私といるときに…」

郡上の物言いは腰使いとは裏腹に平淡で、穏やかだ。

だが、その分、込められた怒りを如実に感じる。

「何も…っ、別に何も…っ」

「嘘をつくな」

これ以上の裏切りは許さないと、肉体だけでなく、思考にまで思い知らせようというのだろう。

粘膜の摩擦熱に引きずられて、志延自身は先ほどの怠慢が嘘のように濡れそぼっていた。

達しそうになる寸前で、郡上の手で宝珠を揉みしだかれ、引き戻される。

「あっ、あっ、あぁぁ…っ」

郡上が体を倒してきたので、胃や胸のあたりにひどい圧迫感を感じて苦しい。

「隠すことも許さない…」

耳朶を噛まれながらの囁きには、どうしてかほろ苦い甘さがあるように感じる。

睦言とはほど遠い命令なのに、心の奥底に隠してきた凍えるものに触れられるような気がし、奇妙な息苦しさを覚えた。

わかった、嘘はつかない、なんでも言う通りにする、と一言言えば楽になるとわかっているのに、言葉が出ない。

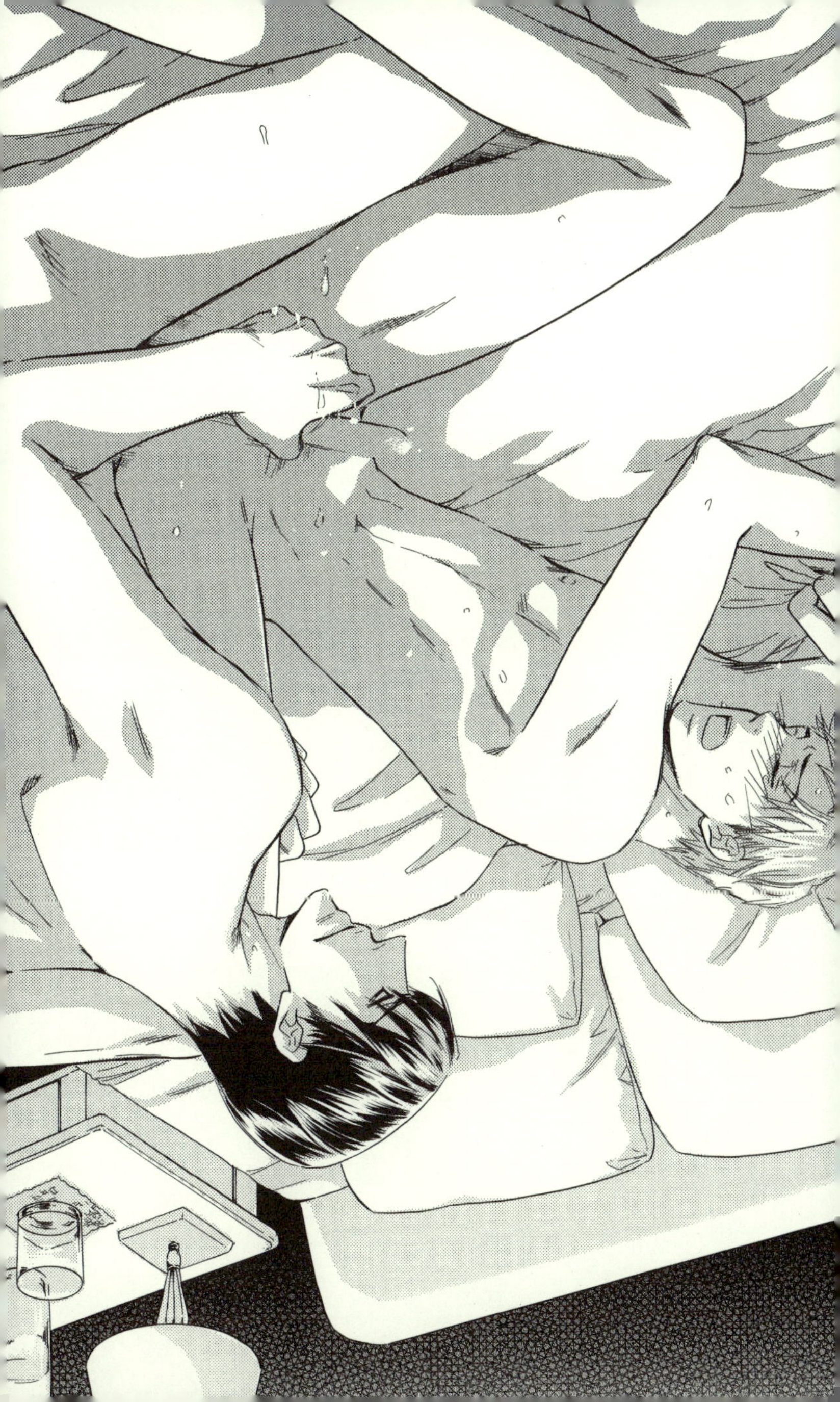

首を振るのが精いっぱいになる。

剛直を含まされている肉襞は、凄まじい摩擦で麻痺《まひ》したようになっていた。

「――っ……!!」

「おまえは私のものだ…」

初めて聞かされたわけでもない所有の言葉は、いつもとは違って、志延の鳩尾に重い塊を押し込んでくるかのように苦しい。

「――いや…だ……っ」

拒絶の声は、嗚咽混じりになった。

「も…ぉ、や……ぁ…っ、やめ…ろっ」

懇願を耳にした郡上が、怜悧な笑みを浮かべる。

「こんなにしているのに、か？　――嫌だが聞いてあきれる」

淫蕩な肢体を嘲るような言葉は、志延の心臓を刺し貫くのには十分すぎた。

「はな……っ」

弄ばれるのはもう御免だと、抑え込もうとする枷《かせ》を精一杯の力で振りほどこうと、闇雲にもがき始める。

「何を…？」

快楽の末ののたうちとは違う動きに、郡上がいぶかしげに眉をひそめた。

「離せよっ、嫌だって言ってるだろ…っ」

「――大人しくしろ」

両手を圧しかかっている肩に突っ張り、押しのけることさえ始めた志延を、あきれたように郡上が見下ろす。

「イかせてやるから、駄々をこねるな」

苦笑混じりのセリフは、志延の激情に油を注ぐものになる。

「俺はアンタの奴隷じゃないっ！」

「――なんだと？」

何を言われたのかわからないと、この男にしては珍しく一瞬だけ呆けたような表情になった。

「兄さんは死んだ！　俺がアンタの機嫌を取る必要なんか、もうないっ。会社だって、好きにすればいいっ。俺の知ったことじゃない！」

溜まりに溜まっていた感情に任せて喚《わめ》いた途端に涙が溢れ出てきた。

両腕で泣き濡れ始めている顔を隠しながら、喉の奥から嗚咽を漏らす。

「おまえは…」

郡上の呟く声が聞こえたが、顔を上げることはできなかった。

子供がするように、ただすすり泣く。

郡上の手が、顔を覆っている志延の腕を摑む。顔を晒すのが嫌で抗《あらが》ったが、かなわず、強引に引き剝がされた。

間近で顔を合わせても、涙で曇った目では、郡上の表情は見えなかったが、怜悧な面立ちを怒りに歪めていることは容易に想像できる。

感情に任せてあらぬことを口走ってしまったものの、恐れがなくなったわけではない。植えつけられた畏怖《いふ》を拭い去ることは、きっとできないだろう。

郡上の手が顎《あご》にかかった。その指から逃れるように横を向くと、どっと涙が零れおち、枕を濡らす。

郡上の手が頰を滑った。そのまま額にかかり、意外に大きな手で目を塞がれる。

無様に泣きわめく姿を目にしたくはないのだろうと思いつつ、それでも志延はすすり泣くのを止められなかった。

「――――っ、うぅ……っ」

再び郡上が動き始める。

両目を塞がれたまま、揺さぶられ、追い立てられていく。

「ふ…ぅっ、ぅん――――…っ」

官能を強引に引き出そうとしていた先ほどの動きとは違い、ただ追い立てるための単調な律動だったが、より一層荒々しかった。

昂《たかぶ》りきった感情に引きずられるようにして、否応なく頂に引き上げられてしまう。

「——う…っ」

声にならない悲鳴を上げながら、志延は達すると同時に意識を失う。

自分を見つめる瞳に浮かんでいるかすかな悲哀を目にすることはできなかった。

「う……」

目は覚めたが、四肢がひどく重かった。

起き上がろうとするが、シーツの狭間でもがくような羽目になってしまう。

「寝ていろ」

郡上の声にようやく頭を持ち上げると、身支度をしていた郡上と視線がかち合った。

が、志延が思わずそらそうとするよりも、瞬間早く郡上の方からそらされる。

時計を確かめるような自然な仕草だったが、少しだけ、そうほんの少しだけ違和感を感じた。

昨夜の暴言ともいえる志延の言葉で機嫌を損ねたのだと考えるのが自然だが、探しても怒りの気配はない。

あの程度のこと、郡上にしてみれば、子供がむずかる程度のことで、腹を立てるようなことでもないのかもしれない。

だが、なんだか変だ…という感じは拭えなかった。

そのせいか、ついつい郡上の姿を、その表情を凝視してしまう。

視線を感じたのか、郡上がこちらを振り向いた。

わずかに視線が絡んだが、やはりそらされる…。

ひどく居心地が悪い――。

郡上の背中が、そらされた横顔が、何故だかそう言っているような気がした。

「今日は出なくていい」

起き上がることすら困難な様子を見て、出社に及ばず、と申し渡されるのは今日に限ったことではない。

だが、常ならば、こんなときは、射すくめられるように見つめられるのが常なのだ。

郡上に一晩付き合うだけの体力もないことを、無言のうちに叱責《しっせき》されているような気がするものなのだが、今日は違った。

常に、目で、態度で、雰囲気で、わずかな言葉ですら、郡上は志延を圧倒し、支配し続けているものなのだが…。

起き上がれないのなら寝ていろ。その言葉の言外に、養生しろとのニュアンスを嗅ぎ取ったといったら、大袈裟かもしれないが、そうとしか思えない。

（なんだ――？）

初めて見る郡上の態度に、志延はなんとも形容のしがたい気持ちになる。

が、郡上はそんな志延の視線を黙殺して、身支度を終えると部屋を出ていってしまった。

「――なんなんだ…」

思わず呟いてしまうが、答えが返されるわけではない。

なんにせよ、寝ていていいと言われたのは好都合だった。

今日は一人で、といっても壱岐をはじめ他の使用人達も山ほどいるが、少なくとも彼らにはやるべき仕事があり、間近で志延は見張っているほど暇ではない。

一眠りすれば動けるようにはなると、経験が教えてくれてもいる。

起き上がれるようになったら自室に戻り、持ち出したディスクを見てみるつもりだった。が、今は体を休めるのが先である。

昨夜の乱行の痕跡《こんせき》が色濃く残っている寝具に横たわると、睡魔はすぐに訪れた。

二時間ほどで目覚めた志延は、自室に戻ってシャワーを浴び、着替えてから食事をとった。そうしないと、郡上に報告されてしまうのだ。

食事もとれないほど具合が悪いのかと、医者を呼ばれ、あらぬ場所を点検されてしまった過去から、志延はだるい体に鞭《むち》を打ってでも食事をとるようにしている。

壱岐は職務に忠実で、ある意味静沢以上に性質《たち》が悪い。

食欲はあまりなかったが、細切りにされた古漬けと味噌汁で流し込むように白米を口に運んだ。

郡上が一緒の朝食はトーストと卵料理にサラダ、コーヒーというアメリカンブレックファストなのだが、志延一人のときには和食が出される。

出し巻き卵がおいしいと言ってからは、焼き魚の他に必ずついた。

疲労困憊《こんぱい》した翌朝は、実際、トーストよりも味噌汁の方がありがたかったから、食べ残しはしたものの、そこそこ進んだ方である。

食事が終わると、部屋で休むと言って、早々に引き揚げた。

廊下の足音にしばらく耳を澄ませてから、パソコンに隠しておいたディスクをセットする。

「嘘だろう。どうなってるんだ、この資金は…。一体どこへ…――嘘だろう?」

ディスクには、年度ごとに決算報告書データがファイル化されて整理されているだけのように見えた。

だが、ファイルの中に一つだけ財務データとは思えないものが紛れているのを見つけ、開いた途端、志延は驚愕することになる。

一瞬、裏帳簿かとも思えたそれは、ある取引先への支払いを整理したものだった。

「これって、架空取引――?」

日付ごとの入金が一覧表化されているのだが、備考に「契約書なし」だの「請求書なし」だのと記載が入っている。

契約書があることになっているものには、全て「実施なし」の記載があった。

工事の発注をしたように見せかけて実際は何の施工も行われないまま支払いだけが実行された結果、この取引先へ、三岳興産から多額の資金が流れていたのである。

状況が違っていたら裏金作りかと思うところだが。

「絶対に違う…」

会社は資金難に陥っていた。郡上に援助を求め事業提携を申し出るほど窮地に陥っていたのだ。

もし、父と兄が結託して裏金を作っていたのなら、その資金を立て直しに回し、事業提携などといって、支援を乞うようなことにはならなかったはずである。

それに、志延は取引先の社名をどこかで見たような記憶があった。

「どこでだっけ？　どこかで、見た……。確か――――！」

思い出して血の気が引いた。

三岳興産に連れ戻され、蒔内達古参役員の有無を言わさぬ決定で、名ばかりの役員にされたころ、同じ社名を見ている。

意識不明で目覚めない兄が心配で、こっそりと入り込んだ社長室。鍵がかけられたロッカーの中にしまわれていたファイルの中に、同じ社名がなかったか…？

「なんで兄さんが――」

そう思うと居てもたってもいられなくなった。

もう一度確認しなければならない。

そのためには、三岳興産の本社へ行かなければ…。

志延は手早くスーツに着替えると、壱岐に出かけると告げた。

「本日は、お休みされるのでは…」

いぶかしげな顔をする壱岐に、志延は仕事を思い出したのだと言って、車を出させた。

「すぐに終わります。三岳の本社に行ってくるだけですから」

それだけ告げると、運転手を急かす。

いつにない志延の態度に危急を感じたのか、安全運転を心掛ける運転手がスピードを上げた。

「すぐに戻りますから」

地下駐車場に入った車を降りると、それだけを言い置いて、志延はエレベーターへ走る。

最上階にある会長室の向かい側に、兄が使っていた社長室があった。

現在は、三岳興産にいるときの郡上のオフィスになっているはずだが、役員会のときにしか来社しないせいで、ほとんど使われていないはずだ。

幸い、鍵はかかっておらず、志延はすんなり室内へ入り込むことができる。

壁に作りつけのロッカーは重厚な木製で、扉は電子ロックで施錠されていた。

志延がそこを開けることができたのは、兄が教えてくれていたからである。

『面倒だから、社長室のロッカーも暗証番号はおまえの誕生日にしておいたんだ』

こうなることを見越していたわけではないと思いたいが、今となっては因縁めいたものを感じざるを得ない。

亡き兄が、本当のことを知ってほしいと黄泉《よみ》の国から呼びかけてきている気がする。

キーパッドに六桁《けた》の数字を打ち込むと、あっさりとロッカーは開いた。

一番下の段の隅の方に隠すように置かれているファイルを摑み取る。

「コタケ工業株式会社…」

素早くめくると、そこには志延が予想していた通りの書類があった。

三岳興産との工事施工契約書と、コタケ工業からの請求書である。

隣には三岳興産の工事台帳まで揃っていた。

この二つを突き合わせれば、実際にコタケ工業が請け負った工事を施工していたのか、そもそも工事そのものがあったのか、が検証できる。

兄の机の上で二つのファイルを開き、目を通そうとしたそのとき、いきなり扉が開いた。

「久しぶりだこと」

「お義母《かあ》さん……」

ノックもなしに入ってきたのは、亡き父の妻だった多計子《たけこ》である。

「なんで、ここに――？」

「あら、ここは私の会社よ？　いるのは当然でしょう？」

「もうあなたの会社じゃありませんよ。郡上グループとの合併で、株は全て手放したはずでしょう」

「関係ないわ。三岳興産は、私の祖父が作った会社なのよ。私の会社よ。誰にも渡さないわ」

義母は志延の記憶にあるよりも、ずっと凶悪な笑みを浮かべていた。

派手好きで気性にむらがあり、我儘で短気、自己中心的な性格は、年をとってますます助長されたようだ。

そろそろ六十に届こうかというのに、真っ赤なパンプスを履いた足は、さほど崩れてはいない。

贅沢《ぜいたく》好きの女だから、相当金をかけて維持しているのだろうが、今の三岳家にそんな金があるとは到底思えなかった。

「あなたがやったんですね？」

何もかもが解けた、と志延は思った。

胸につかえていた黒い塊が胃の腑に落ちて、苦く広がっていく。

「コタケ工業、これはあなたが作った、もしくは作らせたペーパーカンパニーでしょう？　コタケっていうのは、多計子の並べ替えだ。書類を見ると、架空取引はもう十年以上続いている。こんなに長く続けられたのは、父が知らなかったからですね？　父が知らなかったのは、あなたが蒔内に協力させていたからだ。蒔内は、三岳興産の財務担当の役員でしたからね」

志延が指摘すると、多計子はけらけらと笑った。

「あらまあ、売女《ばいた》の息子のくせに、結構賢いのねぇ」

容色に反比例するように衰えない嫌味を繰り出す。

「だから言ったのよ。こんな子、さっさとどうにかしちゃいなさいって」

多計子は言いながら後ろを振り返った。

顔を強張らせた蒔内が、多計子の背後から現れる。

「仕方ないだろう。郡上が囲っちまったんだから」

蒔内がムッとしながら文句を言う。

多計子は、憎々しげな目で志延を睨《にら》み据えた。

「本当になんでこう邪魔ばっかりするのかしら、アンタって子は！　男妾《だんしょう》なんてさすが商売女の血を引いてるって言ってやりたいところだけど、相手があの郡上じゃ迂闊なこともできやしないじゃないの。——でも、まぁ、いいわ」

多計子は言いながら、志延の近くに歩み寄った。

「見てよ、蒔内。捜していた帳簿じゃない？　あのバカ、こんなところに隠していたのね」

「道理で見つからないはずだ」

蒔内も忌々しげに舌打ちをしている。

「こんなところに隠すなんて、虫の知らせってやつかしらね」

多計子は意地の悪い笑みを口元に浮かべている。

その醜悪な表情を眺めているうちに、ふと脳裏を恐ろしい推測がよぎった。

「——まさか…、あなた方は、父さんと兄さんを…」

志延が震える声で言うと、多計子は甲高い声で笑い出す。

「あら、なぁに？　あの二人は事故で死んだんでしょ。まぁ、養子のくせに他の女に子供を産ませるような男、もっと早くにお払い箱にしたかったんだけど」

義母の口ぶりから、父と兄を事故に見せかけて死に追いやったのは多計子なのだと確信が持てた。

「なんで…、兄さんまで！　あなたの息子じゃないか！」

志延が叫ぶと、多計子はますます高い声で笑い出した。

「息子ですって？　馬鹿言わないで。尊だってアンタと同じ、あの商売女の息子じゃないの。私の子だなんて冗談じゃないわ」

吐き捨てるように多計子は言う。

「死んだ父が引き取るように言うから仕方なく家に入れたけど、あんな女の子供に三岳の財産をくれてやるなんて、真っ平ごめんよ。もっとも尊自身は、自分が妾の子だなんて知りはしなかったでしょうけどね」

「――じゃあ……」

志延は突きつけられた真実に愕然となった。

ずっと異母兄弟だと思っていた兄とは、真実同じ母から生まれた実の兄弟だったのである。

兄は事実を知らなかったとはいえ、注いでもらった愛情に違いはない。

亡き母の導きだとしか思えなかった。

「わかったら、アンタも消えてちょうだい。言ったでしょ、邪魔なの」

多計子は、兄の机の上にあったペーパーナイフを摑むと、志延に突きつけてくる。

「そうね、そこの窓から飛び降りてもらいましょうか。父親と兄とを一度に亡くして悲観して、挙句に財閥総帥に玩具《がんぐ》にされて、生きる希望を失った…。どう？　なかなかいい筋書きじゃない？　お涙ちょうだいものだわ」

悦に入る多計子に、蒔内が声をかける。

「そこの窓は嵌め殺しだから開かないよ」

「屋上に連れ出すのも面倒よ。割っちゃえばいいじゃないの」

多計子に命じられて、蒔内が机に置いてあった電気スタンドを手に取って投げつけたが、ヒビも入らない。

「チッ、強化ガラスか。厄介だな」

舌打ちした蒔内は、執務用の大きな革張りの椅子を持ち上げようと手をかけた。

「そんなものを持って、一体何をなさってるんです？」

いきなり静かな声がかかった。

「静沢さん……！」

いつもどおり平静を装ってはいるが、静沢の息は少し乱れている。

相当急いだに違いなかった。

「志延様、こちらへ」

静沢に言われて、動こうとした途端、多計子がさっとナイフを突きつけてくる。

「だめよ、動かないで。逃がさないわよ」

殺してやる、と多計子の目が言っていた。

「お義母さん…」

「そんなふうに呼ばないで。虫唾《むしず》が走るわ」

多計子が志延を睨みつける。

「蒔内、何してるの、さっさと窓を割るのよ！」

多計子に怒鳴られ、蒔内がびくっとした。

役員だの重役だのと呼び方は変わったものの、所詮実態は番頭である。お店のお嬢様に逆らえるわけもない。

再び椅子を振り上げようとしたところを、静沢が体当たりをして止める。

それを見ていた多計子は、憎しみと怒りを一挙に志延へと向けてきた。

「消えなさい、この売女！」

握りしめていたナイフを志延めがけて振り上げる。

(刺される！)

思わず目をつぶった。

が、志延と多計子の間に誰かが割って入る。

「え…？」

「なんで邪魔するのよっ!!」

ナイフの刃を素手でがっちりと握られ、動けなくなった多計子が逆上した。

「総帥っ！」

郡上の手から血が流れているのを目ざとく見つけた静沢が、蒔内を放り出して、飛んでくる。

背中に志延を隠すようにして、郡上が全身で庇《かば》っていた。

「郡上さん……」

なんで、と問うより早く、郡上が振り向く。

「無事か？　怪我はないな」

頷くと、かすかに目元が微笑んだように見えた。

(うそ……)

びっくりする志延の傍らでは、静沢が怒り狂っている多計子を手慣れた様子で拘束している。

女だからという手加減は微塵も見えない。

あとから駆け込んできた顳木も、床に這いつくばって呻いている蒔内を押さえ込んでいた。

郡上は、多計子から奪ったナイフを静沢に預けると、志延に向きなおる。

「あ……」

何かを言うより前に、胸に抱き込まれた。

見かけよりもずっと力強い腕に抱きしめられ、自然と四肢の強張りがほどけていく。

思わずスーツの襟もとを掴み、胸元に顔を埋めると、ほっと息が零れた。シャツにつけた頬から、郡上の鼓動が伝わる。

常よりもずっと速く、波打つような音を聞いているうちに、志延は自分でも抑えられないほど目頭を熱くしていた。

眦が濡れてくると、郡上の手が慰撫するように髪を撫でていく。

その温かさ、掌の優しさが、張り詰めていたものを緩めてくれるようだった。

かすかに息をついた志延の頭を抱えるようにした郡上の掌に、肩口に押しつけるようにされる。

その仕種《しぐさ》に、何もかもを許されたような気がして、志延は水門が開くように、涙腺《るいせん》が緩んでしまうのを感じていた。

「あの女と蒔内が三岳興産から金をかすめ取っているのはわかっていたのですが、決定的な証拠を見つけられず、行き詰まっていたのです」

初めて見る沈痛そうな表情をした静沢が、手傷を負った主に代わり、志延が知らなかった事実を話してくれることになった。

幸いにも郡上の傷は深手ではなく、医師の手当てを受けるほどではなかった。

屋敷に帰り着いた三人を出迎えた壱岐が、血のシミ出たハンカチを手に巻きつけた主の姿を見て、即座に手当てを申し出る。

郡上に付き添い、寝室で心配そうに見守っている志延の目の前で、壱岐は慣れた手つきで、傷口を確認すると、縫合する必要はないようですと言った。

「傷口は長いものですが、さして深くはありませんから、心配ございませんでしょう」

にこりと、だがはっきりと言いきった壱岐が、実は医療の心得があるのだと、こっそり耳打ちしてくれたのは静沢である。

意外な面が垣間見えたことで、壱岐がますますわからない、と志延などは思うが、郡上は安心して任せているようだった。

「静沢さんの手当てをしたことは何度かございますが、旦那様の手当てをさせていただくのは初めてでございますね。羽目を外すのも結構でございますが、ほどほどにしてくださいませ」

困ったように微笑む壱岐に、郡上が返事を返すよりも前に、志延は思わず大声を出していた。

「すみませんでした！」

土下座をせんばかりに頭を下げる志延を、壱岐が顔中に？マークを張りつけたような顔をして見ている。

ややあってから、弾けたように郡上が笑い出した。

「だ…旦那様？」

そんな郡上の様子はめったに見られないらしく、壱岐はもちろん、静沢も啞然としている。

「あ……の——？」

困惑気味に郡上を見やると、さすがに声を抑えていたが、それでも笑いを止めることができないのか、肩を震わせているのが目に入った。

「壱岐にこんな顔をさせるとは、おまえは大したやつだ」

クックッと喉の奥から笑いを漏らしながら、郡上が言う。

「亡くなった母上が言っていたな。表情貧乏では、私より壱岐の方が上手《うわて》だと」

「——そんなこともございました」

応じる壱岐の声音には、戸惑いと、懐古とをないまぜにしたような響きがある。

「亡くなった——って…」

郡上が当主の座についているわけだし、この屋敷内に郡上の家族らしき人物が見当たらないから、隠居しているか亡くなっているかだとは思っていたが、あまりにも自然に聞かされて、かえって驚いた。

「気にするな…。もうだいぶ経つ――」

郡上が、ごく薄い笑みを唇の端に乗せる。

その言葉で、郡上が家族縁薄く、今現在、本家の血を継ぐのは郡上融ただ一人なのだという話を思い出した。

知らず、痛ましそうな顔をしたのかもしれない。

壱岐が巻きつけている包帯に目をやっていた郡上が、なんでもないことのように言う。

「そんな顔をするな。――身内の縁が薄いのはお互い様だろうが」

「――そうですね…」

それについては、十二分に自覚がある。

母を早くに亡くし、抱き上げられた記憶もなかった実父だったが、それもすでに亡い。

敬愛していた兄も、亡くしてしまった。

喪失の痛みは、他人事ではなく、空虚で深い穴となって心の奥底に漂っていたのだが、ここしばらくそれを忘れていられたのは、誰のお陰なのかわからないほど愚かではないつもりである。

「話を戻させていただきますが…」

しんみりとした空気を払うように、静沢が経緯を話し始めた。

「実は、生前、尊様から、件の書類の存在は伺っていたのですが、保管場所まではお教えいただいておりませんでしたので、確たる証拠を手に入れられず…」

言葉を切った静沢は、志延様にもご迷惑をおかけしました、と頭を下げてくる。

「いえ、俺は、何も――」

志延は力なく首を振った。

「自分じゃ何もできませんでした。結局、迷惑をかけていますし…」

反省しています、と小声で言うと、郡上がくすりと笑い声を漏らした。

「随分と殊勝になったものだな」

「それは、――俺だって……」

あれだけの騒ぎになって、郡上に怪我までさせてしまい、反省しないわけがない。

「なんにせよ、ようございました」

壱岐のその言葉には、安堵したという気持ちがわかりすぎるほどにこめられていた。

「結果的には、な…」

郡上が、珍しくあきれ返ったような声を出す。

志延に向けられた顔には、悪戯な子供を窘めるような表情が浮かんでいた。

「本当に、おまえというやつは、――予想のつかないことばかりする」

「すみません…」

郡上の言いようではないが、志延の声は殊勝そのものだった。

「私は、おまえを保護するために身近に置こうとしただけだったのだがな。おまえは、何をどう誤解したのか、夜中に寝室に忍んでくるし…」

「あ…あれは――！」

言い訳をしようとして言葉に詰まる。

「だって、お役目とか言われて、いきなりエステなんかさせられるし…」

しどろもどろになって言うと、郡上が、できの悪い生徒を前にした教師がするように片方の眉だけ上げた。

「ほう…、そうか。私は、てっきり、服を贈るのは脱がせるためだ、くらいに曲解しているのだろうと思っていたが…」

「そっ…、だって、あんなに大量に用意されたら、誰だって…！」

「そうか？　――あんなもの、最低限だ。だろう、壱岐？」

同意を求められた壱岐は、執事の性分として、もちろん頷いている。

「そうでございますとも。ほんの、ワンシーズン分のお着替えにすぎません」

「ワンシーズン…」

志延が思わず発した鸚鵡《おうむ》返しの言葉には、ついていけないとのニュアンスがありありと表れていた。

「大いなる誤解が、予想外の行動を生んだ、ということなんでしょうね」

静沢までもが呆れたように言う。

志延はもう、居たたまれなくてたまらなかった。

「ですが、今後は予想外の言動はなるべくお慎みください」

静沢に言われ、志延はすみませんと繰り返すしかない。

「本当に困るんです」

内容はお願いでも、多分に命令じみた物言いをしながら、静沢は志延を見据えた。

「昨夜、総帥に何をおっしゃったのか存じませんが、あまりショックを与えないでいただきたいものです。今朝からの総帥の醜態は見るに堪えませんでした。ポーカーフェイスだからといって、神経まで鋼鉄製ではないんです」

「おい！」

郡上が苦りきった表情で静沢を睨むが、辣腕《らつわん》秘書は澄ましている。

「……え？」

静沢の言葉の真意が俄かに飲み込めなくて、総帥とその秘書とを見比べていると、突如、郡上が傍に来るよう指先で招いた。

戸惑いながらも志延が立ち上がると、それを合図にしたかのように、壱岐と静沢が下がる。

寝室続きの郡上の居間で、二人きりになった。

さすがに疲れたのか、郡上は布張りの長椅子に背中を凭《もた》せかけた姿勢のまま、志延に掌を差し出した。

無言のいざないに大人しく従った志延がすぐ傍まで寄ると、郡上に腕を引かれ、隣に座らされる。

いつにない、郡上の気の置けない様子に、志延は戸惑っていた。

圧倒的で、近くにいるだけでこちらが威圧されてしまう、張り詰めたオーラのようなものが、今の郡上からは霧散している。

向けられる眼差《まなざ》しが優しげなのも、醸し出される艶めいた風情も、志延の鼓動を忙《せわ》しなく打たせる要因だった。

「――おまえの兄の尊と私は、櫂陽《かいよう》学院の同窓だった。幼稚舎から大学部まで一緒で、随分親しくしていた。あの女がうるさいから、付き合いは内密にしていたがな」

初めて聞かされる話に、志延は目が点になる。

「尊が、会社の合併話を打診してきたのは、一年以上前だ。それと同時に、ペーパーカンパニーに不正資金が流れていることも相談されていた。尊は、あの女の仕業だと気がついたとき、父親にも秘密にして証拠を集めていたのだ。用心していたつもりだったが、まさか、あの女があそこまでやるとは思っていなかった。私の予測が甘かった。許してほしい」

「そんな…、だって、郡上さんが謝る必要なんて――」

巻き込んだのはこちらなのだ、と志延は逆に頭を下げた。

「本当に申し訳ありません。俺は……」

田部井に唆されたとはいえ、ほんの一瞬でも郡上の誠意を疑ったのである。

「あの女は、三岳の財産を独り占めしたかったんだろう。いずれ、おまえを狙《ねら》ってくるとわかっていた。だから、手元に呼び寄せた。私の元で庇護《ひご》してやろうと思ったのだ。尊をみすみすあのような目にあわせてしまった私が言うのもおこがましいだろうが、――おまえだけは守ってやりたかった」

「郡上さん…」

郡上の怪我をしていない方の手が、志延の頬に添えられた。

「おまえは覚えていないだろうが、子供のころ、一度だけ会ったことがある。尊と学校から帰る途中で、公園にいるおまえを見つけた。――私は、あのころから、おまえに何一つしてやれていない…」

思いがけない話に志延は驚いて郡上の顔を見つめる。

「兄さんと…」

志延は必死に記憶をたどった。

「おまえは小学生だった。ランドセルをしょって、ブランコに座り込んでいて、尊が声をかけると逃げ出そうとした。慌てて追いかけて捕まえると、途端に泣き出して。尊が往生していたな…」

弟に泣かれてうろたえる親友の姿を思い出したのか、郡上はくすりと小さく笑う。

「懸命に慰める尊を見ているだけの私は、随分辛かったぞ…」

「え……?」

「おまえは、顔を真っ赤にして涙をぼろぼろ零すくせに、声も立てずに泣いていて、それを慰める術《すべ》もなく、頭を撫でてやる立場ですらなかったからな。尊が羨《うらや》ましかった…」

一つ一つ思い出すようにゆっくりと語る郡上の言葉を聞きながら、志延も記憶の糸を手繰り始める。

そして、ぼんやりと思い出した光景があった。

名門私立校に通う兄は、ボタンのない詰襟の制服を着ていて、唇を噛みしめてしゃくりあげるのを一生懸命に我慢していた志延の背中を、何度も何度も撫でてくれた。

その傍らに、背の高い少年がいなかったろうか…。

心配そうにこちらを見ているのが気になって、兄に誰かと尋ねると、「学校の友達で親友なんだ」と教えてくれた。

「あれが……」

繋がった記憶に言葉を失った志延に優しい眼差しを注ぎながら、郡上が口を開く。

「あのころ、おまえはあの女から折檻を受けていたろう？　気づいて、何度か忠告してやったんだが、尊もどうにもできないと頭を抱えていたな…」

母親を表だって咎めだてしたり、志延を庇ったりすれば、ますます虐待が激しくなるだろうことは目に見えていたからだ。

父親に相談したところで、埒が明かないのも明白だったから、尊としては、まさに八方ふさがりといった気持ちだったらしい。

「中学に上がったら、やみましたよ。背が伸びて、義母より大きくなってからは、手は上げられませんでした…」

志延がそう言うと、郡上は痛ましげな表情をその双眸に表し、両腕で抱きよせた。きつく抱きしめられて、志延の心臓は、息苦しくなるほどに高鳴る。

「おまえがこの家に留まる理由はもうない。会社のことも何も心配しなくていい。私が責任を持つ。だから、おまえは自由にして構わない。だが、できれば——このまま、ここに、私のもとにいてほしい…」

先ほどから、郡上の言葉は志延を驚かせてばかりいる。

寡黙なはずの男が吐露した心情は、直截《ちょくせつ》なゆえに、甘く切なく耳の奥まで響いた。

「いまさら……、俺にどこに帰れって言うんですか」

言いながら、志延の目には涙が盛り上がってくる。

「住んでいたマンションは解約したし、事務所にも辞表を書いてるんです。もう……戻れるところなんかないのに…」

だから離さないでほしい。

志延は両腕を郡上の背に回し、光沢のある滑らかなシャツをきつく握りしめた。

「そうだな…」

郡上が低い声で頷く。

「おまえに帰るところなどないし…。それに、おまえのために傷まで負ったしな。ここで逃すわけにはいかない…」

「え…」

声音に暴君めいたものが混じってくるのを、志延は如実に感じる。

「——この傷…、おまえのその身で贖え」

縛ろうとする言葉は、あまりにも甘美だった。

志延は、うっとりと目を細め、郡上の双眸に見入る。

「どうせ、——俺はあなたの奴隷ですから…」

言うと、郡上が眉根を寄せた。

昨夜、志延が投げつけたセリフを思い出して、不快な気持ちが蘇ったのだろう。

あのセリフを本当なら忘れてほしい、と思う。

だが、一度口にしてしまった言葉は取り消すことなどできはしない。

ならば、上書きしてしまえ、と志延は思った。

志延にとっても、郡上にとっても、都合のいいものに、解釈を変えてしまえばいい。

「体も、心も、あなたに支配されてる。——そうでしょう?」

甘える仔猫のような仕種で、郡上の額に己のそれを擦り合わせた。

ややあって、ああと応じる郡上の応えがある。

「この傷で、いや、私の持つ全てで、私はおまえを自分のものにした。――この腕から逃げることは、二度と許さない」

命じられて、体が浮き上がるような高揚感を味わった。

「なら、閉じ込めてください…」

あなたのその手で、金輪際、逃さないように――。

そう言いたいのに、感情が溢れすぎて、言葉にできなくなる。

だが、郡上はしかと志延の本意を汲《く》んだに違いなかった。

顔が寄せられ、唇が重なる。

幾度も交わした口付けのはずなのに、甘い、と初めて感じていた。

濡れた唇に郡上の歯が立てられ、甘痒い痛みが脳髄にまで走っていく。

胸の中に抱き込まれ、郡上の上に圧しかかるような姿勢のままキスは続けられた。

「――はぁ……」

唇が離れると、志延の口からは甘い吐息が漏れた。

郡上の唇が耳の下に押し当てられ、薄い皮膚を舌先でゆっくりと舐められる。その感触だけで、身震いするような快感があった。

郡上の掌が、志延の背中をゆっくりと撫でさする。

「あ……――」

たったこれだけのことで、信じられないほどに昂ってしまった。

どうしたらいいかわからなくなって、甘える仔犬がするような仕種で、郡上の頬に鼻先を擦りつける。

布越しに重なった股間から、昂っているのは志延だけではないとわかっていたが、羞恥心は隠せなかった。

尻の肉を掴まれ、ぎゅっときつく握られると、ねだるように鼻が鳴る。

すでに疼き始めていた窄まりに郡上の指が食い込んでくると、布越しの焦れったい感触に、知らず腰が躍っていた。

もっと奥に欲しいと、郡上にしがみついてしまう。

志延の肉体を知り尽くしている男は、繊細な指先で、正確に敏感な部分を掠めていく。

シャツの上から尖ってしまっている乳首を摘まれると、ひくりと股間のものが震えて、直《じか》に嬲《なぶ》ってほしいと訴えた。

あなたが欲しいのだと言葉にする余裕すらもなくなった志延は、急いた手つきで郡上のシャツのボタンを外していく。

重なった腰をくねらせながら、郡上の腰の上から滑り降りた。

ベルトを緩めるのすら待てなくて、慌ただしく開けたズボンの前立てから郡上のものを引き出すと、飢えた口内に迎え入れる。

前戯や情交中の流れではなく、あからさまな欲をぶつけるような口淫は、のっけから激しいものになった。

喉まで含んで、余すところなく舐めしゃぶる。

太いものを咥えながら、ようやく両手でベルトを外し、郡上の下肢をくつろげた。

ずっしりとした陰嚢《いんのう》が絹の下着に隠れているのが嫌で、一旦《いったん》唇を離すと、下着の中に手を差し入れて、すっかりそそり勃った男根と張りつめた陰嚢を引き出して外気に晒す。そうしておいて、再び口内深くに迎え入れる。

口の端から唾液が滴り落ちても構うことなく、志延は、舌で唇で、郡上を愛し続けた。

先端から蜜が滲み出してくると、零すまいと口を窄めながら、夢中で啜《すす》る。

頰に手がかかり、顔を離すように促されると、思わず不満そうに見上げてしまったくらい、卑猥な行為に没頭していた。

「は…ぁ……」

肉塊が引き出された唇からは、思わず、といった風な吐息が漏れる。

郡上の指で濡れた唇を拭われると、それすらも気持ちよくなって、舌で追い、口付けてしまった。

「おまえは…」

かすかに目元を染め、口淫を堪能《たんのう》していたはずの郡上は、苦しげに顔を歪めると、頰から項に回した手で、志延の顔を持ち上げると、間近に引き寄せる。

「予想外のことばかりする…」

あきれたような、感嘆したような、どちらともいえない様子で郡上が溜息を漏らした。

郡上に促されるまま口での奉仕をすることは何度かあったものの、自発的にしたのは最初の晩だけだったことに思い至る。

感情が変化すると、情交も、また変わるものなのだ。

郡上を悦《よろこ》ばせたい。この怜悧な顔が、快楽に歪むさまをじっと眺めていたい。

そんな内心が表情に表れたのか、じっと志延を覗き込んでいた郡上が囁いた。

「私を煽って、ただで済むと思うな…」

咎め立てされたはずの言葉は、だが志延の耳にうっとりするような心地よさをもたらすばかりだった。

「お仕置きしてくれるんですか…」

志延は腕を伸ばし、郡上の頰にそっと掌を当てる。

と、郡上が苦痛をこらえるような表情をしたかと思いきや、項に当てられていた手の力が痛いほどになった。

自分が、濡れた口元にかすかな微笑を浮かべていて、それがぞっとするほどの色香を撒き散らすことになっているとは思いもよらない。

それが、幼少時から帝王学を学ばされ、自らも常に冷静さを保つよう己を律してきた男の呪《じゅ》縛《ばく》を解くことになってしまった。

「…っ」

ささやかな前戯と口淫とで、痛いほどに昂っていた股間を鷲《わし》摑《づか》みにされ、息が止まる。

そのまま刺激を与えてくれるのかという期待はすぐに裏切られ、次なる暴君の命にさらに羞恥心が高まった。

「脱ぎなさい」

志延を見据えたまま、郡上が言う。

「私に全てを見せろ…」

最初の、あの夜と同じように…。

二人の関係をそこから始め直そうという誘いに、志延は一も二もなく従った。

下着はおろか、靴も靴下も取り去って、一糸まとわぬ姿で郡上の前に立つ。

「一番いやらしい場所を見せるんだ」

そんな要求にもためらわず、志延は後ろ向きになって長椅子に上がると、膝立ちになって足を開いた。

両手を尻たぶにかけ、秘めた後孔が晒されるよう割り開く。

郡上の手で快楽を教え込まれ、すっかりはしたなくなった窄まりは、たったそれだけのことで期待して、小さくひくついていた。

媚肉《びにく》の奥に、郡上の視線を感じる。

視姦《しかん》されている。そう思うと、体が焼けそうに熱くなった。

物欲しげな襞を指先で撫でられ、肩に震えが走る。

「まだ何もしていないのに、すぐにでも呑み込めそうだ…」

「……ぁあ…んっ」

窄まりの、ほんの入り口を軽く引っかかれただけで、声があがってしまう。

「そのまま開いていろ」

もしやと思うまでもなく、郡上の舌がそこを抉《こ》じ開けていく。

入口のあたりの襞の隙間を、じっくり舐めほどかれるのが本当は好きなのだと、郡上はとうに知っているに違いなかった。

「はぁ……あぁ…っ」

尻の狭間に、郡上のすらりとした鼻梁《びりょう》を感じるほどに、そこに顔を埋められているのだと思うと堪らなくなる。

内部が徐々に濡らされていく感触に、志延は戦慄《わなな》いていた。

すっかり勃ち上がっていた股間の屹立《きつりつ》から、粘った蜜液が滴り落ちて、椅子の上に小さなしみを作る。

もう我慢できないと振り返って懇願しようとした刹那、淫らな愛撫がやんだかと思うと、不意に背中が温かくなった。

長椅子の背にしがみつくような恰好で震えていた志延を、郡上が覆いかぶさるように抱きしめてくる。

熱く硬い肉棒が、疼き続けている窄まりに押し当てられているのを感じ、思わず喉が鳴った。

頬が触れ合い、視線をずらすと、じっと郡上に見つめられているのがわかる。

怜悧な表情は相変わらずだが、その双眸は切なげに細められ、愛《いと》しいのだとあからさまに告げられていたから、志延は泣いてしまいたいほどに気持ちが昂った。

欲しい、と言おうと口を開いた瞬間、太い楔が入り込んでくる。

「あ……」

襞を掻き分けられる感触に、志延は思わず首をそらし、長椅子の背もたれにしがみついた。

「あっ、あっ、あぁ…っ」

剛直は、ゆっくりゆっくり貪婪な肉を犯してくる。

「あ…あぁ……ぁっ！」

太い雁首の部分が中ほどまで達すると、我慢できなかった。

小刻みに腰を震わせて、志延は座面に蜜液を吐きかけてしまう。

「……ぅっ」

昂りから突き落とされたような射精感に息をつめていると、体の中に中途半端に含まされたものが肉筒いっぱいに膨れ上がった。

「あぁ…っ」

吐精後の倦怠感を味わう間もなく、再び高みに引き上げられる。

「奥まで犯されなければ満足できないだろう？」

耳朶を甘嚙みした郡上が、見透かしたように言い当てた。

それに頷いた志延は、哀願の目を背後に向ける。

「もっと……、もっと奥まで来て。――深く犯して…」

言葉と同じくらい、体は正直に訴えていた。

剛直を食んだ肉襞は、もっと食いたいと吸い込むような動きを始めている。

動かない郡上に焦れた志延は、とうとう腰を押しつけ始めてしまう。

自分から腰を揺すって、もっと奥深くへと郡上を誘い込むことに懸命になる。

が、卑猥な動きを始めた腰は、郡上の手に捕らえられ、欲望を阻まれた。

「なん…で……っ」

もっと奥まで犯して、と喘ぐ頬に歯を立てられて、志延のあられもない哀願は封じ込められる。

「欲しいか——」

「…欲しい…っ、もっとして……っ、奥まで来てっ」

焦らされ、身の内に逆巻く肉欲に囚われた状態は、ひどく辛く、ほろりと涙が溢れ出た。

そうなると止まらず、子供がするように鼻をすすりあげながら、許しを乞うしかできなくなる。

「もぉ動いてっ、お願いだから…っ、奥までっ、一番奥まで突いてっ、犯して…ぇっ」

「ならば、名前を呼べ」

しゃくりあげていた志延は、不意に言われたことが理解できなかった。

「…ぅうっ」

「私を呼ぶんだ」

命じられて、無意識に「郡上さん」と呟くと、剛直がぬるりと抜き出される感覚がした。

「いや…っ、やだ、抜かないでっ」

「もう一度だ」

「あっ、あぁっ…、旦那様…？　——いやっ、いやだっ、入れてっ、入れてっ」

太いものの先端が入り口付近へ近づくたびに恐慌状態に陥ったかのように懇願する志延を眺めていた郡上が、喉の奥から低い笑いを漏らした。

「そうじゃない。志延、——わからないか？」

わかる、と志延は思う。

わかるけれど、口にしていいのだろうか、と。

顔色を窺うように、涙目で郡上を窺うと、熱い眼差しが言えと命じていた。

「融さん…」

口にした途端、ふわりと四肢が軽くなるような気がした。

「融さん、——あぁあっ！」

その瞬間、熱い楔に最奥まで犯される。

これ以上は無理だというほど深く入り込まれて、先端で柔肉をぐりぐりと擦られた。

その衝撃に、堪え性のなくなった志延の果実は、またしても爆ぜて椅子のシミを大きくする。

「はぁ——あん……っ」

熟れて貪婪にはなったが狭い器官を埋め尽くすほどに張りつめている剛直が、ゆっくりとした抽挿を始めていた。

「んっ、んっ、ん…ぅぅっ」

擦られるのが気持ちよくて堪らない志延は、先ほどよりも激しく腰を使い始める。

郡上に押しつけ、誘い込むように回す。

「あぁ――んっ、あぁ――っ、…いいっ、スゴイいい…っ」

徐々に激しくなる律動に合わせ、志延の腰もいやらしく跳ね上がっていく。

背後から回された指先で乳首を捏ねられると、また堪えきれなくなった。

「ひぃ……ん――っ」

喉笛を鳴らすと同時に、また達してしまう。

濡れそぼり、蜜液を滴らせている志延自身は、それでも萎える様子が全くない。

肉癖も、ご褒美が欲しいとしゃぶるような動きをやめることはなかった。

(おかしくなる…)

こんなに立て続けにイッて、それでもまだ欲しがる自分は、壊れてしまったのだとしか思えない。

それでもやめられないのは、そんな志延が愛しいと全身で訴えてくる男がいるからだ。

「いやらしいな、おまえは…」

背後で郡上が嗤う。

「いやらしくて、本当に——可愛い…」

そんな囁きだけで、達してしまいそうなのだ。

「あっ、あっ、あぁぁ…んっ、——や…ぁっ」

抜き取られる気配を感じ、志延は必死で追いすがる。

尻を窄め、行かせまいとして襞で食い締めたが、無情にも楔は出ていってしまう。

「ぅ……く…っ」

嫌だと首を振っていると、抱きしめられて体を返された。

郡上と向かい合わせになって、大きく足を開かされる。

「顔を見せろ…」

怜悧な表情の奥に悪い男の顔を垣間見せながら、郡上が再び突き入れてくる。

「あぁぁ…——っ」

背もたれに頭だけを凭せかけるような恰好で揺すり上げられた。

両足は郡上の肩に乗せられ、二つ折りにされる苦しい姿勢だったが、それよりも郡上が欲しくて、必死になる。

「あ…んっ、あぁん……っ」

先ほどよりもずっと激しく突き入れられ、志延は喘ぎ声をあげ続けた。

強い律動に、華奢《きゃしゃ》な猫脚の長椅子が軋《きし》んだような鈍い音を立てる。

狭い座面には背中しか乗っておらず、宙に浮いた恰好の腰は、郡上に摑まれ、繰り返し揺さぶられていた。

腕を上げ、背もたれを摑みながら、志延はうわ言のように、いい、いい、と泣きじゃくる。

執拗な摩擦を与えられ、熱を持ったように疼く柔肉は、悦楽をくれる肉塊を頬張り、舐めすすっていた。

そのうねるような蠕動《ぜんどう》を、やはり敏感な器官全てで味わっていた郡上が、絶え入るような吐息を洩らし、堪能するように腰の動きを一旦止める。

「志延……」

強すぎる快感に泣き濡れている顔を覗き込まれ、志延は霞む目で肉体も精神も支配する男を見上げた。

「融さ…」

視線が絡み合う。

言葉にしなくても、眼差しや、物言いたげな唇の気配だけで、郡上の言いたいことが志延にはわかるような気がしていたし、志延の気持ちも郡上には伝わっていると思えた。

ただそれだけのことで、胸が詰まりそうなほどに愛しさが高まる。

郡上の腕に肩を抱かれ、見つめあう距離が縮まった。

震える手を伸ばした志延は、郡上の首に回しかけ、抱き寄せると、自ら唇を押し当て、やんわりと口付ける。

再び抽挿が始まった。

最初は、むずかる粘膜を宥めるようにゆっくりと、それから徐々に速度を増していく。

「あっ、あっ、あぁぁ……――っ」

突き入れられるたびに、ギシギシと椅子が軋む音を立てる。

それを掻き消すような勢いで、志延の嬌声が部屋中に響いていた。

「いいっ、すご……っ、そこ…、あぁっ、――融さ…っ」

激しい律動で、郡上の肩から落ちてしまった両足で、志延は逞しい腰を挟むようにしながら、夢中で腰を振っていた。

搔痒感《そうよう》すら覚え始めている肉襞は、打ち込まれる肉塊を食みながらうねり続けている。

「ひ……ぁぁ――あっ」

最奥を強く突かれたとき、ひときわ大きく膨れ上がったものから、熱い粘液が放出されたのを感じたと同時に、志延もまた極めていた。

体の奥深くに放出され、濡らされていくこのときが、一番感じる。

「……――っ」

音にならない声をあげ、郡上の腕の中で、がくがくと何度も大きく痙攣《けいれん》を繰り返す。

登頂直後の凄まじい収縮を吸い取ろうとするかのように、郡上の腕の力が強くなる。

放出したというのに、郡上は腰の動きを止めない。内部に放ったものを塗り込めるかのように執拗に動き続けている。

「だ…め……っ、もぉ……っ」

喘ぎ震えながら志延は郡上にしがみついた。

欲望に駆られていたとはいえ、立て続けに四回もイかされて、志延の意識は朦朧としかけている。

それなのに、郡上が動き続けていると体の奥で燻る熱が引いてくれない。

細胞の一つ一つが覚醒《かくせい》してしまうようなのだ。

「煽ったのはお前だろう?」

郡上が耳に甘い毒を吹きかける。

繋がった姿勢のまま引き寄せられ、椅子から滑り落ちそうになるところを郡上の腕にすくいとられた。

そのままの恰好で郡上が立ち上がると、自重で繫がりがより深くなる。

「…っ！」

苦しげにもがく志延を郡上が幼児をあやすように抱きとめ、背中を撫でさすった。

寝室に移り、ベッドの上に下ろされるころには、疲れ果てていたはずの志延のものは、再び熱くしなってしまう。

仰向けになった志延の上に、まだ繫がったままの郡上が覆い被《かぶ》さる。

向かい合わせに額を合わせると、郡上が双眸に強い光をたたえて言った。

「私のものだ」

その言葉は、志延の脳髄に入り込み、痺れるような感覚を四肢いっぱいにもたらした。

「愛して……、俺を、あなただけのものにしてください」

思いはじんわりと体の奥から広がり、肉欲だけではない喜悦が溢れ出てくる。

互いに腕を伸ばし合い、ぴったりと重なり合うように抱きしめ合った。

触れ合った胸から、鼓動が伝わってくる。

二度目の交わりは穏やかに始まり、終わった。

ごくゆっくりとした、軽い律動だけで十分すぎるほどに感じられ、高め合うことができる。

今までになかったようなセックスは、最高の満足感を与えてくれたのだった。

指定した時間より十五分ほど早く着いたのだが、田部井はもう来ていて、志延を見つけると視線でこっちだと合図をしてきた。

連絡をしないでいた志延に焦れたのか、田部井がどうなったんだとメールを寄こしてきたのは、あのパーティから一ヶ月ほど経ったころである。

オフィス街にある、夜はバーになるというカフェで落ち合う約束をしたのだが、田部井はこじゃれた雰囲気に馴染めないようで、そわそわと尻が落ち着かない様子だった。

(なるほどね…)

こういった場所に呼び出せとアドバイスをしたのは静沢だ。

相手に馴染みのない場所の方が、交渉事は有利に運ぶのだと聞かされた志延は、何度か来たことのあるこのカフェで、と指定したのである。

もちろん、田部井の行きつけの店が学生時代から一貫して、縄暖簾《なわのれん》の小料理屋や、ガード下の一杯飲み屋だと、調査した上での作戦であった。

この店にしようと思うと相談したときに、初めて静沢から、ここも実質上は郡上の持ちものだと知らされたのは、事のついでのおまけである。

多分、というよりほぼ確実に、田部井がどれほど血眼になって調べようとも、このカフェチェーンと郡上との繋がりは出てこないだろう、と静沢は太鼓判を押していた。

郡上は何も言わないし、静沢もそうとは教えてくれなかったが、志延には確信がある。

この店のあらゆる場所に、盗撮カメラや盗聴器が緊急設置された、ということが。

「例の件、どうなってる？」

志延がごく自然な様子で向かいに座ると、田部井が待ちかねたように聞いてきた。

「例の件って？」

何のことだと言うと、とぼけるなよと睨まれる。

「郡上財閥だよ。おまえのおやじの会社、乗っ取るためにいろいろ裏工作したんだろ？　あの事故だって」

「田部井…」

声をひそめてはいても、延々とまくしたてそうな田部井を制する。

「前に警察に身内がいるって言ったよな？　だったら、聞いたんじゃないか。事故の真相くらい」

言ってやると、なんのことだと田部井がいぶかしげな顔つきになった。

「あの事故は、確かに人為的なものだったけどな、郡上グループとは一切関わりがないことだ。今日あたり、警察関係者の記者会見があったと思うけど？」

「なん…だってぇ?!」

志延の言葉を聞いた田部井は顔を引きつらせた。

見当違いのスクープを追っていて、しかもことの真相スクープを逃しそうだと聞かされて、早くも立ち上がりかけている。

「ああ、そうだ、田部井…」

自分が呑んでいたビールの代金を踏み倒すようにして、挨拶もそこそこに立ち去ろうとする田部井を、志延は呼びとめた。

「もう一つ、内密の情報」

「なんだ？」

早く言えと急かす田部井に、志延は、にやっと笑いかける。

「週刊近代って、晋公舎《しんこうしゃ》だよな？　先週末、郡上財閥が大株主になったらしいぞ」

立ち去りかけていた田部井がギョッとした顔で志延を振り返った。

口をあんぐりと開けたまま立ち尽くしている田部井に伝票を押しつけて、志延は肩をすくめて見せる。

「不況だからどこも大変だよな。親会社がどこになるか、誰にもわからない。——だろう？」

不敵な笑みを見せながら、志延は悠然と立ち上がり、そのまま店を出た。

店の前には、迷惑なほど巨大なリンカーンが止まっている。

志延が近づくと、運転手が滑るように降りてきて、後ろのドアを開けてくれた。

「片付いたか？」

「すっかり…」

後部座席にゆったりと身を凭せかけている郡上は、志延の返事を聞くと、満足そうに頷く。

「今回は特別だが、今後、おまえが他の男と二人きりで会うのは許さない。いいな？」

志延の身も心も支配しているこの男は、意外に嫉妬《しっと》深く独占欲が強い。

密かに笑みを噛み殺しながら、志延は郡上の肩にそっと自分の肩を寄せた。

「はい」

律儀に返事を返しながら、緩む口元を抑えきれない。

昼は暴君。夜は——ベッドの中でも甘い暴君。

「なんだ？」

郡上が眉をひそめているが、もう怖いとは思わない。

「いえ、別に…」

答えながら、前に視線を向ける。

途端に、助手席に座っていた静沢が小さく噴き出した。

郡上は不機嫌そうに窓の方に顔をそむけてしまう。

驚いた志延が静沢の方を見ると、ミラー越しに目が合った。

いつものポーカーフェイスに戻していた静沢が、目元だけをにやりと緩ませる。

つられたように、志延も破顔した。

くすりと笑いながら、郡上に凭れかかる。

こみ上げる感情を押し殺すことは、しばらく前からやめていたのだ。

だから堪えることなく微笑む。唯一無二の主で、至上の存在である愛しい男の腕の中で。

END

おまけ

「はぁ…」

ベテランエステティシャンの吹田は、深い溜息をついた。

疲れた…、と口に出さなかっただけマシだろう。

エステティシャンになって早十五年。

定期的に郡上本家を訪れ、施術をするようになって五年あまりが経っている。

日本有数の富豪の自宅でのホームエステに通い、破格の報酬をもらえることになったのは、ただ単に吹田が店長を勤めるエステサロンが、郡上グループ傘下であるからに過ぎない。

吹田は、技術の高さと、人物――余計なことは他言しないという口の堅さを見込まれて、郡上家での施術の指名を受けていた。

アシスタントに数名、部下のエステティシャンを連れてきてはいるが、皆吹田同様に、この屋敷で見聞きしたことを他言してはならないことを十二分に承知している。

吹田達は、分厚い契約書にサインさせられているし、もし契約違反があった場合には、契約書にあるように、懲戒解雇の上、多額の賠償金をとられるだけではないことも、わかっていた。

自分のみならず、親族一同が路頭に迷うだろう。

(一家そろって失業するくらいですめばいいけど…)

四十も半ばに手が届こうという、世間ズレしてしまった女には、あまり考えたくないどん底人生がいくらでも思いつける。

(わかっちゃいるけど…)

言いたい。言いたいのだ。

誰かに話を聞いてもらって、ガス抜きをしたいのだ。

そうでないと、どこぞの空地に穴を掘って「王様の耳はロバの耳」ならぬ「郡上総帥の愛人は美形の男ぉ〜！」と叫びかねない。

それを回避するために、吹田は、郡上邸の厨房わきにある、使用人用の小部屋を訪ねていた。

その昔は、数多いた女中達が皿や銀食器を磨いた場所だったらしいが、皿洗いを機械がやってくれるようになってからは、執事の控室として使われている、と聞いている。

十畳ほどもあろうかという部屋はがらんとしていて、作りつけの小さな流しと食器棚と冷蔵庫の他には、四人掛けのダイニングテーブルしかない。

しかも、全てが郡上邸にあるとは思えない、一般家庭にありそうなありふれたものばかりなのに、天井からは巨大なシャンデリアがつり下がっているというミスマッチ。

床もコンクリートがむき出しだし、この部屋の外の光景を知らなかったら、廃屋のホテルか何かに粗大ゴミを持ち込んで、部屋の体裁を整えただけだと言われても仕方のない、なんとなしに侘しい風情なのである。

この部屋の主は、郡上家の筆頭執事である壱岐という男であった。

見た目は吹田と同年代くらいにしか思えない。

職業柄、己の容貌に気を使っている吹田の外見年齢はそれこそ三十代半ば、といったところであるが、実年齢で比べれば、壱岐も四十代半ばではないだろうか。

ただ、肌の張りもあり、長身痩躯に穏やかそうな面立ちをしている壱岐の頭髪は、真っ白だ。銀髪、といってもいいのかもしれないが、日本人にはありえないような、白色なのである。

眉の色も薄い茶色であったから、もしかしてアルビノなのかもしれないと思ったものの、口に出して聞く勇気は、吹田にはなかった。

店で一番図々しく度胸があると言われている部下でも、そんなことはとても聞けません、と涙目になっていたくらいである。

穏健で紳士的な雰囲気の壱岐だが、決して侮ってはいけないのだと、気配――――部下達はオーラという――――がある。

そんな相手にすら、ぶっちゃけトークをしたくてたまらない。

吹田が、自分の野次馬根性やミーハーな習性を、心底から呪う理由である。

「コーヒーのお代わりは？」

壱岐に問われて、吹田は頷いた。

「いただきます」

この程度なら遠慮なしになれるほどには、壱岐に慣れている。

今までも、部下の選定を誤り、この子は口外するかもしれない、という危機を感じたとき等は、相談に来ているし、折に触れ、総帥のお好み等の情報ももらってきたから、この部屋を訪れるのは初めてではない。

だが…。

今日は、ある種、禁忌を犯す訪問であった。

言うなと言われれば言いたくなるし、聞くなと言われれば余計に聞きたくなるのが人情というものである。

二杯目のコーヒーを吹田の前に置いてあるヘレンドのカップに注いでから、壱岐は、もう二客カップを置いた。

「どなたかいらっしゃるんですか？」

「ええ、静沢さんが」

「し…、静沢さんて、総帥の秘書の？」

ええ、と壱岐は頷く。

「もとは海兵隊員だったとか、CIAにいたとか、傭兵だったとか、後ろに立たれるのを嫌がるから背後から声をかけちゃいけない、とか、いろいろ噂のある、あの？」

思わずまくし立ててしまった吹田の言葉に、壱岐はかすかな笑みを浮かべた。

「後ろに立たれるのを嫌がるって…。マンガの読みすぎじゃないですか、吹田さん。静沢さんは、凄腕スナイパーなんかじゃありませんよ」

「警視庁で警護の仕事をしていたところを総帥にスカウトされた、っていうのもあるんですけど？」

「そんなに気になるなら、本人に確かめてみたらどうです？」

「できませんよっ、そんなこと！」

考えただけでも恐ろしい、と吹田は思った。

「ですが」

壱岐はいったん言葉を切って、吹田の目を覗き込むようにしてくる。

「今日はそういうことを聞きたくて、ここに来たんでしょう？」

「そ…れは、そうなんですけど」

見透かされてる。

わかっちゃいるけど、やっぱり、かな～り緊張する瞬間だ。

「あの……ですね」

吹田が思い切って口を開こうとした刹那、ドアが開いて静沢が入ってくる。

ノックもせずにいきなりだったのには、びっくりした。

「コーヒーですか？　いいですね。俺にももらえますか？」

「すぐに」

置いてあったカップの前に静沢が座ると、すぐに壱岐がコーヒーを注いだ。

阿吽の呼吸だわ、と吹田は思う。

「志延様はどうでしたか？」

いきなり静沢に問われて、ぼんやりとしていた吹田は、ちょっと慌ててしまう。

「えっ、志延様？」

「今日はエステの日でしょう？　慣れてきた様子ですか？」

「それが……」

吹田は言葉を濁したが、内心では、待ってました！　とばかりに勢い込んでいた。

「あまり気が進まれなかったご様子で…」

吹田が言うと、さもありなん、とばかりに壱岐が頷く。

「身だしなみだとご説明したのですが、最初からあまり気乗りがしていないご様子でしたから」

「いえ、そうじゃないんです」

吹田は、チャンス！　と思って、説明を始める。

「最初は、そりゃあ、戸惑っておられましたよ。うちのお店にも男性のお客様は大勢いらっしゃいますが、自発的に来店された方はともかく、奥様や恋人からチケットをプレゼントされたりして、なし崩し的に来店される方も多いんです。最近でこそ、男性の中にも肌や爪のお手入れに関心を持つ方も増えていますけれど、みんながみんなそうじゃありませんものね。エステは女が受けるものだ、っていう思い込みをしてる方もたくさんいらっしゃいますし、渋々施術を受ける方だって、結構いるんです。でも、やってみると意外にはまって、リピーターになったりして…。志延様も、そんな感じだったんです」

吹田が言うと、ああ、と壱岐も静沢も会得顔になった。

壱岐は毒見役ならぬ実験台として、静沢はセキュリティのチェックのために、それぞれ吹田の施術を受けたことがある。

自分の体験から、状況を理解したのだろう。

「それが、———今日は違ったんです」

吹田はわざと、もったいぶった。

「お部屋までいらっしゃって、言葉をかけて下さるところまでは、いつもどおりだったんです」

総帥と違い、志延様は気遣いを見せる。

スタッフにも、挨拶やねぎらいの言葉を欠かさないのだ。

そういうところも、吹田だけでなく、スタッフ一同に非常に評判がいい。

「いざ施術となって、服を脱ぎかけた途端、慌てたようにまた着込まれて…。今日はもういいから、なんておっしゃるものだから、面喰らってしまって」

もちろん、と吹田は続ける。

「私どもも仕事ですし、はっきり申し上げて、クライアントは志延様ではなく総帥ですから、今日はいいと言われたって簡単には引き下がれません。総帥からは、志延様のお体にシミ一つないように磨き立てろと申しつけられておりますし。いえ、志延様にはシミなんてありませんけれど…。とにかく、申し訳ないのは百も承知しておりましたけれど…」

「嫌がる志延様から強引に服をはぎ取って、施術台に押さえつけた、という訳ですか」

言葉を濁した吹田に代わって、静沢が有体に言った。

言っておいて、意味ありげに吹田を見やる。

「しようがないじゃないですか」

責められたのだ、と思った吹田は、慌てて自己弁護を図った。

「それが仕事ですからね」

と、吹田よりも先に壱岐が言う。

とはいっても、弁護してくれている訳ではないらしい。

言いたい言い訳は承知している、と教えてくれただけだった。

「とにかく」

ゴホッと軽く咳をするふりをしてから、吹田は、話を続ける。

「いつもどおり、施術する体勢になっていただいたんです。それで…」

そう、ここからが本題なのだ。

「驚いたんですけど…。というより、その状態になって初めて、志延様が抵抗なさった理由が理解できたんですけど…。その、――――いたるところに、ですね、鬱血痕がたくさんついてまして…。一瞬だけ虫食われかと思ったんですが、どうやら、その……キスマークかと」

言いにくいのよ、と視線で告げながら、吹田は言葉を切った。

だが、二人からは助け船が出る様子はまるでない。

仕方なく、腹をくくった。

ここまできたら、言ってしまえ。聞いてしまえ。奥歯に物が挟まったような言い方は、やめよ、やめ、やめ。

「薄くなりかけているものもかなりありましたけど、真新しいものもたくさんあって。驚きました。うちのスタッフもみんな絶句してましたわ」

吹田は、息を整えるために、コーヒーを一口すすった。

「野暮なことは申し上げたくありませんけど、ほどほどになさいませんと、お肌に影響が出かねません。志延様のお背中に色素沈着なんか見たくありませんの、私どもは」

「色素沈着…ね」

静沢が抑揚のない声で繰り返す。

「それに、第一、志延様がお可哀そうです。全裸になるのをためらわれたのは、痕跡を見せたくなかったからでしょう？　私どもに対しては、そのうち慣れて下さるかもしれませんけれど、あれでは、ホテルのジムなどは、利用しにくいじゃありませんか。いくら郡上家だって、出張先の全部に別邸があるわけじゃないんでしょう？　不摂生をしていると体形維持が難しくなってくるお年頃ですし、水泳などをお勧めしたいんですけれど」

だから節制しろって総帥に言ってよ、というのが吹田の本音であった。

志延は、吹田が今まで出会った男性顧客のなかで、否、人生全てで出会った男性の中で、最も美しい男である。

その見目麗しい男の容貌が崩れていく様等見たくはない
これは吹田だけではなく、スタッフ一同の願いでもあった。

郡上家を訪れるスタッフで、志延様ファンクラブをつくっていることは、極秘事項でもある。

「適度なセックスは、美容と健康にも効果的です」

ヤケッパチ気味になった吹田は、さくさく説いた。

「ですが、何事にも程度というものがあります。やりすぎは志延様のお体にも影響が出ます。腰痛で後背位ができないなんて、総帥は喜ばれないと思いますけど?」

「――――それは大丈夫でしょう」

「はぁ?」

壱岐に言いきられて、吹田は目を剥いた。

「カイロプラクティックの専門家も定期的に呼んで、施術させています。今のところ、志延様の腰部に問題は見られません。聞いたところによれば、志延様は、男性にしては珍しく、体が柔らかくていらっしゃるとか。股関節も柔軟なので、どのような体位でもこなせるだろうと、整体師が言っておりました」

「……っ！」

絶句、である。

「それに、プールは貸し切りにしていますよね？」

壱岐が問えば、静沢が即座に頷いた。

「ええ、保安上、他の客がいると問題がありますので。どこのホテルでも、必ず貸し切りにしています。志延様のお体を視野に入れているのは、総帥と、警護の人間だけですから」

問題ありません、とそろって言いきられて、吹田は撃沈する。

「お気遣いに感謝します、吹田さん」

壱岐が微笑む。

「正直に申し上げて、あなた方がそこまで志延様のことを考えて下さるとは思っておりませんでした。今後とも、よろしくお願いしますね」

「────はい、承知しました」

完全な敗北であった。

双頭の壁は厚い。

でも、まぁいいわ、と残ったコーヒーを飲みほしながら、吹田は思った。

(どんな体位でも大丈夫って話、うちの子達に話しちゃうもんね～)

一足先に引き上げて、吹田の部屋で家飲みの準備をしながら、部下達は首を長くして待っているに違いなかった。

END

こんにちは。今泉《いまいずみ》まさ子《こ》でございます。このたびは、拙著をお手に取ってくださり、大変うれしく存じます。

今回は、今まで生んだキャラの中でも一番の金持ちを書こう、と思っていたのですが、あら?ってな感じになってしましました。所詮、庶民のアタシに富豪の実態なんか、わかりゃしません。金があり余ってるよん、ってな知り合いすら、いやしませんし。大富豪って単語から速攻で連想するのは、アラブの石油王でも、ＩＴ社長でもなく、トランプ…。って言っても、アメリカの不動産王のオッサンのことじゃないですよ?　ババ抜きとかする、トランプでやる、あのゲームのことです。大貧民って、呼んでる方もいらっしゃるかも。そんな人間が、超〜がつくような金持ちを書こうっていうのが、そもそもの間違いなんス!　赤札、セールが大好きで、タイムサービスって言葉が漏れ聞こえてくると、ついふらふらと近寄ってしまうような根っからの庶民なんですから〜。ってなわけで、文中からハイソな香りがしなくても、「作者が庶民だからな〜、しょうがねぇな〜」って苦笑しつつ許してやってくださいまし。

そんな庶民の中の庶民である今泉の最近の贅沢は、パティスリーサ○ハル・ア○キのシュークリームを味わうこと…。

カスタードがしっかりしていて、かな〜りお気に入りです。シュークリームとしては結構なお値段なんでしょうが、この店の商品の中ではお値打ち品なこともあり、時々買ってます。

シュークリームの中身はカスタードじゃなきゃ嫌！　っていう人間なので、カスタードに生クリームを混ぜてもおらず、生クリームとツインになってもいない、こっくりしたカスタードクリームがみっちり入っている、アタシにとっては正しいシュークリームなんです。こういうシュークリームって、なかなかなくって、ようやく巡り合えた♪って思っていたのですが、人気商品らしく、すぐに売り切れてしまうんです。ちょっと前に日○新聞に掲載されたのが原因かも…！　原稿の合間のお楽しみです。

そんな楽しみがありながら、またしても大幅に締め切りを破ってしまいました。担当編集大U嬢はもちろん、桜井《さくらい》先生にまで多大なご迷惑をおかけしまして本当にすみませんでした。反省しております。本当です。そう見えないかもしれないけど、ごめんなさいって思ってます。

こんな今泉に呆れずにお付き合いくださる皆様、いつも本当にありがとうございます。仕事が押せ押せになっていて（自業自得です）、あまりイベントにも参加できていませんが、時折は顔を出しますので、『I・M・EXPRESS』ってサークルをみつけたら、覗いて見てやってくださいまし。

ではでは、また誌面でお会いできる日を心待ちにしつつ…。

今泉まさ子

ARLES NOVELS

ARLES NOVELSをお買い上げいただきましてありがとうございます。
この本を読んだご意見、ご感想をお寄せ下さい。

〒111-0053
東京都台東区浅草橋1-13-3
㈱ワンツーマガジン社　ARLES NOVELS 編集部
「今泉まさ子先生」係 ／「桜井りょう先生」係

総帥の密かな策謀

2008年8月10日　初版発行

◆著　者◆
今泉まさ子

◆発行人◆
齋藤　泉

◆発行元◆
株式会社 ワンツーマガジン社
〒111-0053
東京都台東区浅草橋1-13-3

◆Tel◆
03-5825-1212

◆Fax◆
03-5825-1213

◆郵便振替◆
00110-1-572771

◆HP◆
http://www.arlesnovels.com(PC版)
http://www.arlesnovels.com/keitai/(モバイル版)

◆印刷所◆
図書印刷株式会社

乱丁本・落丁本はお取り替えいたします。

ISBN978-4-86296-105-1 C0293
Printed in JAPAN